The Losers Club
魯蛇俱樂部

文◎安德魯・克萊門斯
譯◎謝雅文
圖◎唐唐

【推薦文】

歡迎加入「魯蛇俱樂部」

王意中心理治療所所長．臨床心理師
王意中

當孩子對閱讀愛不釋手，卻也爲自己招惹麻煩？除了得面對大人們的無法諒解、祭出處罰與限制，甚至於還喚來同儕間的言語嘲諷、揶揄和霸凌。這時，該如何捍衛自己對於閱讀的熱愛，盡情享受文字所帶來的自由？就讓故事主角亞歷克絞盡腦汁、百般設想，透過「魯蛇俱樂部」來化解。

雖然，後續劇情的演變，有些超出自己的掌握。

走進魯蛇俱樂部，故事裡，提醒著當我們沉浸在自己的閱讀世界，這一個人獨享的寧靜世界，安靜、沒有喧囂，同時讓自己感到安心。但是，我們不能忽略一件事，在每回的打開、闔上書本，在閱讀的時間河流中，現實的世界從來沒有停止過。

我常常提到一件事，沒有任何一個人有權利用言語、行動去傷害任何人。我們應該尊重每一個人的興趣與喜好，接納每一個人獨特的特質，欣賞每一個人的精湛表現，以友善與開放的心和眼，看待周遭活生生的人事物，享受我們對於事物的熱情，就像亞歷

克對於閱讀的喜愛。

閱讀讓我們充滿了腦內小劇場，閱讀之外的世界也不遑多讓，有著迷人的寫實舞臺。我們可以閱讀小說裡的情節，也可以試著在現實生活中讓自己成爲編劇，編織屬於個人的成長故事。雖然現實的結局沒人可以預期，然而精采迷人也在這裡。

亞歷克的老爸曾說：「你無法用一個標籤去定義別人。」而我們也可以透過閱讀與生活的交織，來重新定義「史上獨一無二」的自己。魯蛇俱樂部，歡迎你的加入，誠摯推薦給成長中的你。

【推薦文】

閱讀，在真假的宇宙中探險

基隆長庚兒童青少年精神科醫師
蔡伯鑫

有誰會想當個書呆子呢？

噢，還有更糟的，這是一本叫做《魯蛇俱樂部》的書。現在你不只是個書呆子，還多得到一個「魯蛇」的標籤——要不然你怎麼會對這本書有興趣？

但先把那些標籤放到一旁。

我一定得告訴你的是，讀這本書的過程真是一段太有趣的探險。

當我剛開始讀這本書，我想起在我的診間外，有時家長與孩子一人一支手機，各自沉浸在那個無邊無際的銀河系裡；也有些時候，孩子跪在地上，把椅子當成桌面努力趕作業。這個年代，書蟲簡直像是一個亟需保育的稀有品種呀。

當我繼續閱讀下去，我也想起診間裡，有些家長說起他們注意力不足的孩子，是怎樣在上課時間遨遊在自己的想像世界裡；也有些亞斯伯格的孩子與我分享，他總是那麼專心一意的讀著他愛讀的書——包含他說這些話時，一本小說就那樣被攤在診間的桌

上。我更想起那些愈來愈長大的孩子們，在他們愈來愈難懂的腦袋裡，同時存在的那些期待與擔心、滿足與失落、興奮與憤怒，關於他們的家庭、學業、朋友、甚至是愛情……。

書裡的主角在以圍繞「魯蛇俱樂部」開始探索新生活的同時，也穿梭在一本又一本的故事書裡，體驗各種情節。而作爲讀者的我，像是也跟著在一個又一個眞眞假假的宇宙裡來來回回。

故事的有趣之處，不就在這裡嗎？

我們都在一個個故事裡，體驗自己的與別人的各種人生，像是進行一趟趟的星際歷險，並將一路看到的景色，帶回現實人生——而且是那麼混亂又那麼有趣的現實人生——繼續向前走。

所以，有誰不想當個書呆子呢？

青春讀者校園迴響

（此篇為二〇一七年十二月初版邀稿）

克萊門斯寫的故事都非常好看，這本新作也不例外，讓人一踏進故事裡就忍不住想一口氣讀完！讀到最後一頁時，還有種意猶未盡的感覺呢！書裡提到好多書看起來都很吸引人，有這麼多精采好書等著我去閱讀，眞開心！我也好想加入故事主角亞歷克成立的社團，做一名「書霸」。

——高雄市龍華國小　George

這本書讓我體會到「魯蛇」也可以很有用，書呆子就是「書霸」，千萬不要幫人貼標籤！我也想像書中的主角亞歷克一樣，創造一個屬於我們小屁孩的社團！

——新北市永平國小　侯睿恩

我看了《魯蛇俱樂部》這本書之後，讓我領悟到不要太在乎別人對自己的看法，一

定要相信自己，也讓我知道閱讀書是多麼的有趣，又是多美好的事情啊！最重要的是，故事的內容還有推薦很多的好書給我們呢！我覺得這本書的字裡行間處處說著閱讀的「好」，每一篇都讓我沉浸在故事的世界裡，百看不厭！

——臺北市力行國小 **孫宇萱**

「魯蛇」本是貶義，但在這本書中，作者賦予它不同的意義，翻轉了我們對魯蛇一貫的想法。角色描寫生動，爭鬥場面歷歷如繪，讓人陶醉在精采的劇情中。

——臺北市私立華興中學 **涂令楷**

亞歷克熱愛閱讀勝過一切，當他沉浸在書海中，自己就融入書中的情景，忘掉一切無謂的雜事，他也認真做到學生應做的本分。亞歷克的精神，真令我敬佩！

——臺北市麗湖國小 **陳穩羨**

亞歷克是一個愛看書的人，書帶給他喜怒哀樂，也讓他學到哲理及知識。安德魯．克萊門斯以淺顯易懂的文字刻劃生動的情節，讓我彷彿親身經歷了書中的故事。

——臺北市石牌國小 **彭采言**

《魯蛇俱樂部》不是教你當魯蛇，而是透過亞歷克的校園日常，讓我們認識形形色色的人和五花八門的世界。別受愚蠢的標籤困擾，別再在意別人的看法，繼續做自己熱衷的事。想看看顛覆偏見的魯蛇嗎？讀這本書就對了！

——臺北市南門國中 **鄭姵妤**

將一名學生的日常生活充分的濃縮在故事中，且每個角色的性格鮮明，之間的心理鬥爭精采，也令人反思「魯蛇」真的是負面的意思嗎？

——臺北市石牌國中 **魏彣褰**

#《魯蛇俱樂部》目錄

1 接下來呢？

校長室門外的走廊有一張鮮紅色塑膠椅，人人都知道它叫「懲罰椅」。現在時間是星期二早上的九點十五分，亞歷克·史賓塞正坐在椅子上。

亞歷克就讀博理基國小期間，經常登上這個寶座；五年級念到一半，他已數不清坐過幾次了。今天早上是他升上六年級第一次被送進校長室……只不過，這剛好是開學的第一天，艾克力當六年級生還不到四十五分鐘。

學生坐上懲罰椅的原因有千百種，大部分的原因都很經典：跟老師頂嘴、欺負同學、推人、打人、在學校餐廳亂扔食物……諸如此類的問題。

但亞歷克是個奇葩。每次他被罰坐懲罰椅，都是做了師長通常會讚許的事：看書。這跟他看什麼書或怎麼看書無關，他之所以被懲罰，是因爲挑錯**時間**和**地點**看書。

也許要怪他爸媽吧，誰要他們在亞歷克小時候花那麼多時間唸書給他聽。又或許要

怪《狗狗航海家》或《好餓的毛毛蟲》，不然就是《戴帽子的貓》。但是無庸置疑，亞歷克從小就熱愛閱讀，只要他讀了故事的開頭，就非得讀到一半，因爲再讀一半就能知道故事的結尾。不管怎樣，亞歷克就是一定要知道接下來會發生什麼事。

今天的情況是個完美的例子。二十分鐘前，亞歷克在上第一堂美勞課。波頓老師發畫紙和鉛筆給大家，然後說：「我要你們很快的畫出碗裡這些蘋果的素描，畫紙上不要寫名字。五分鐘後我會收起來貼在牆上，大家再一起討論。聽清楚了嗎？現在請動筆。」

整個美勞教室放眼望去，亞歷克像是正埋首努力作畫，可是波頓老師一走近卻發現，亞歷克其實是弓著背看書。這個情況在過去幾年已經發生了太多太多次，所以波頓老師馬上送他去見校長。

第二堂課鐘聲響起，校長室門外的走廊擠滿了小孩——這是坐懲罰椅最討人厭的地方。如果你被送去見范絲校長，全校都會知道。

不過，亞歷克坐在懲罰椅上並不是無所事事，他還在看書，書名叫作《大君王》。亞歷克幻想自己手裡握著寶劍，爲了拯救王國與主角並肩狂奔殺敵。鐘聲、來來去去的學生、笑鬧聲、說話聲，這些對亞歷克來說，都像是從隔壁間電視節目傳來的聲音。

但是有個大嗓門突然引起他的注意。

「喂，你們有沒有**聞到**什麼呀？」

亞歷克不必從書中抬起頭，就能認出說話的是誰。肯特．布萊爾，跟他住同一條街的小孩，以前曾經是他的朋友。最近，肯特成了學校的當紅炸子雞，但也變得很討人厭。亞歷克惹上麻煩的時候，肯特總會無情的笑他。他和亞歷克同樣第一節上美勞課，所以，他故意這樣惹人注目絕非巧合。

亞歷克強迫自己視線緊盯書頁，但他感覺得到肯特和另外兩個小孩站在一公尺半遠的地方。他特別扯開嗓門，用誇張的動作東聞西聞。

「**唉唷！**說眞的，你們都沒**聞到**嗎？」

他的其中一個跟班說：「應該是義大利麵，從學校餐廳傳來的。」

肯特慢動作轉向亞歷克，假裝現在才看到他。「哦！你們看！」他邊指邊說：「亞歷克．史賓塞坐在懲罰椅上！原來那是**炸書呆子**的味道啊！懂了吧？哈哈！」

他的跟班馬上附和起來。「就是說嘛！**炸書呆子！**」

亞歷克從書本中抬起頭，繃著一張臉。他本來正想開罵，沒想到他們三個居然馬上閉嘴，收起笑容迅速離開。

他的左邊有東西在動，亞歷克轉過頭，只見校長室的門開了，范絲校長手撐著門。

「亞歷克，你可以進來了。」

2 倒抽一口氣

范絲校長辦公桌前那把椅子，跟走廊上的懲罰椅長得一模一樣，是硬梆梆的紅色塑膠配上黑色金屬椅腳。亞歷克還記得一年級的時候，椅子看起來有多巨大，最初幾次被找進辦公室的經驗有多恐怖。如今椅子大小剛剛好，而且感覺像回到家一樣。

范絲校長看起來也一樣，褐灰色的頭髮大約齊肩，襯衫外面穿件西裝外套，有時候是襯衫配毛線衣，而且總會戴一串小珍珠項鍊。她的臉蛋在亞歷克心目中雖然稱不上大美女，卻也不是醜八怪。

她擺出老樣子，手肘抵住桌面，雙掌合十。亞歷克覺得她這個動作像是在禱告，或許她眞的在禱告吧。她的眼鏡無框而且鏡片挺厚的，導致褐色眼睛看起來比實際更大。每次她這樣看著他，亞歷克總覺得自己像是放大鏡底下的一隻小蟲。

他知道這個節骨眼最好不要微笑，也最好不要先開口講話，於是他靜觀其變。

雖然只等了五或十秒鐘，感覺卻很漫長。接著范絲校長雙手分開，交疊在她身前桌上。她瞇著眼開始說話，嘴唇幾乎連動都沒動，悠悠緩緩，聲音極爲輕柔。

「亞歷克，亞歷克，亞歷克……我們該怎麼辦？」她說到最後這個字，深色的眉毛往上一挑。

亞歷克坐著紋風不動。范絲校長曾經吼過他，當面指著他罵，也曾將雙手往桌面重重一拍。可是這次呢？這次可不一樣。

她打開桌上的文件夾。「我看了你去年的學業成績和考試分數。雖然並不突出，但也沒我想像中那麼糟。」她頓了一下，大眼睛緊盯著他的雙眸。「但是你的學習態度、學習技巧和課堂參與的成績，五年級的表現非常糟糕！」她暫停一下，然後問說：「去年你因爲看課外書沒有專心聽課或參與課堂活動而被送來我辦公室，你知道總共幾次嗎？」

亞歷克本來打算猜十一次，但後來決定還是閉嘴爲妙。他搖搖頭。

范絲校長身子往前傾。「**十四次！**」

接著又是漫長的停頓。「亞歷克，你的老師和我都知道你有多聰明。我們大家都很欣賞你這麼愛看書，你應該是我認識的人當中最熱愛閱讀的。可是，假如看課外書這件事妨礙了你每天的學習，這就會成爲問題，而且一年比一年更嚴重。從今天起，你必須做出明確的改變，是哪些改變你早該知道。如果你還是不願意改變上課態度，我就要你參

加一個特殊的學習技巧課程。這個課程從明年六月學期結束一週後開始，每天早上要上三小時的課，一共要上六週。除非你的態度和行爲有所轉變，否則明年暑假大部分時間，你就要這樣度過。聽懂了嗎？」

亞歷克倒抽一口氣，思緒開始旋轉。一整個夏天沒辦法到新罕布夏州玩，沒時間住爺爺奶奶的小木屋，不能在湖裡游泳……也不能滑水！

校長重問一遍。「**聽懂了嗎？**」

「聽懂了。」

「很好。我已經叫每一科的老師看緊你，假如他們發現你又在課堂上看課外書，或者上課不專心，就會直接把你送來見我。我也會寄掛號信給你爸媽，向他們解釋情況變得多嚴重。等你第一學期的行爲評量和學業成績出爐，我們會進一步評估接下來怎麼做。」

她塡寫一張黃色的通行證並從簿子上撕下來，推到桌面另一端。

「現在去上第二堂課吧，這一整年我可不想在辦公室看到你了喔。」

亞歷克站起來拿了通行證，不發一語離開校長室。

3 自動駕駛

六週的暑期班？補習「學習技巧」？升六年級的第一天就從校長口中聽見這項消息，未免太悽慘了。不過……雖然亞歷克不喜歡那樣，但范絲校長也說了，他很聰明，早就明白自己該做什麼改變。看來似乎滿簡單的，他只要別在課堂上看課外書，認眞一點就好了。

因此，亞歷克離開范絲校長的辦公室，每踏一步路，心裡的擔憂就輕一分。後來他開始納悶的想：**她眞的叫每個老師特別盯住我嗎？……還是每個惹上麻煩的小朋友，都會聽到這句台詞？**

這是個好問題，而他很快就得到答案了。因爲第一堂數學課，亞歷克雖然遲到，但他發現舒華德老師早就幫他在最前排的中央留了個位子。

第三堂布洛克老師的語文課，他又發現第一排座位貼了他的名字。亞歷克對校長旨

意下達的威力刮目相看，要他往前坐，他就不能往後躲。

不過，這個座位安排並不完全是校長的作為。早在范絲校長叮嚀各個新老師之前，他們就已決定每堂課都要讓亞歷克．史賓塞坐在第一排的中央，而且六年級生涯的每一天都沒有例外。老師們出此絕招也不是沒有理由。

畢竟，亞歷克的豐功偉業早就在眾老師之間廣為流傳。過去四年來，每週至少一次會有老師忍不住說這樣的話：「你們知道嗎？亞歷克．史賓塞老是埋在書裡，這孩子真是能讀啊，但他快把我**搞瘋了！**」而且兩年前范絲校長還在《家長與學生守則》增列一項特殊條款，每位老師都稱以下這段文字為「亞歷克條款」：

只有在老師允許的情況下，才能在課堂上閱讀圖書館外借的書或其他讀物。
每位學生都必須專心聽講，認真參與課堂活動。

然而，「亞歷克條款」卻徹底的失敗，就算是為他量身訂作的條款也改變不了他。不過，這次開學第一天，前排座位的特殊待遇似乎對亞歷克很管用，尤其在范絲校長找他懇談後。他不想明年暑假被困在教室，於是從第二堂課開始，在課堂上看書這個念頭，他甚至連想都沒想過。

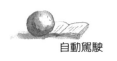

數學課的舒華德老師以「展望未來」爲題發表演說，講的是關於數學爲何是各行各業的基礎。亞歷克專心把她說的每句話都聽進去。

到了語文課，布洛克老師向他們介紹升上國中和高中後要寫的各式文章，勉勵學生做好準備以迎接未來艱難的課業。亞歷克同樣聚精會神，還仔細記下如何組織五段式文章。在前排正襟危坐，眞的有助集中精神。

接著到了第四堂科學課，羅登老師一上課就播放投影片，發表和數學課非常雷同的一段演說，只不過主題是：物理、化學和生物學是「展望未來」所有最佳職業的關鍵。教室裡熄了燈，好讓每個人都能看清楚大銀幕；老師才講了兩分鐘左右，亞歷克便把耳朵關上，開始和《大君王》一同雲遊四海，回顧整套《普利登傳奇》是如何演變成這部書……細想塔安是怎麼脫胎換骨變成眞正的戰士……還有，揮舞一把眞的寶劍究竟是什麼感覺，還有每一場戰役是如何……

「亞歷克……你同意嗎？」

羅登老師正盯著他的臉。

亞歷克眨眨眼說：「喔，我嗎？……我當然同意囉。」

她說：「很好。因爲我要請你當小老師，整理一份重點概念的列表，讓我們在三月和四月全州大考之前複習。我會在布告欄留出位置給你。」

班上哄堂大笑，但羅登老師使出一個眼色，全班又立刻鴉雀無聲。亞歷克挺直腰桿坐好。他感覺臉上發燙，暗中對自己發誓以後不能再做白日夢。在科學課記錄重點概念會是個苦差事……但話說回來，羅登老師大可把他從椅子上拽走，送他去見范絲校長。那樣會更慘，慘到極點。

課本變得前所未有的厚，課一堂一堂的上，亞歷克的書包也愈來愈重。這是他第一年必須跑堂上課，每隔五十七分鐘就要衝到另一間教室，讓他感覺像在跑接力賽。還有，不用說也知道，每一科老師都出了回家作業。

亞歷克盼望午餐時間，因爲他總是擠得出時間在餐廳或是遊戲場上看書。今天卻是例外，排隊點餐的人龍似乎比平常更長更久，他幾乎連狼吞虎嚥吃義大利麵、稀哩呼嚕喝牛奶的時間都沒有，上課鐘聲又響了。他只好趕快查課表，跑到大樓最遠的盡頭上社會課。他聽說韓莉老師對學生遲到是出了名的嚴格。

跑堂上課似乎讓今天的一切煥然一新，雖然他感覺有壓力，這份新鮮感也挺刺激的。但是，上了一整天的課，最後他回到原班教室，所有的刺激早已消失殆盡。亞歷克覺得好暈好累，他知道這時候自己需要什麼。他需要潛心投入一個故事，沉浸書海中不受打擾。

兩點五十三分最後一堂課的下課鐘聲一響起，他拔腿就跑。亞歷克啓動全自動駕

駛，書包往肩上一甩，狂奔穿過條條走廊，一路跑出學校大門，來到等公車的老地方。

他一屁股坐在人行道上，打開《大君王》開始閱讀。可是才讀幾行，亞歷克就感覺有人用力戳了他肩膀一下。他嚇一跳，抬起頭，午後的豔陽刺眼。原來是他弟弟路克。

「閃開啦！」亞歷克凶他，轉頭繼續看他的書。

路克用他 iPad 的角角再戳他一下。「你現在應該要在哪裡？」

「廢話，」亞歷克說：「等公車啊。公車來了啦。」

「錯，」路克說：「再想一次。」

亞歷克直視前方，愣了一下才說：「喔……**哦！**對！我忘了！」

他整個人跳起來，抓起書包，跟著路克返回學校。路克小跑步，所以亞歷克必須快步走才跟得上他。

他這才想起兩星期前某個晚上的晚餐對話，只不過當時他是一邊吃、一邊看書、一邊聽家人說話……不過其實他主要是在看書。那是《遜咖日記》，所以他還邊讀邊笑。

儘管如此，他還記得爸媽在餐桌前說他們今年九月要展開新工作，分別在波士頓附近的兩家公司。這意味著他們每天都要開車上班了。

他的爸媽是電腦程式設計師，過去十一年都在家裡工作，因此，這是個重大轉變。因為他們都要到接近晚餐時刻才能趕回家，亞歷克和路克只好報名課後照顧班，每天下

午放學後要在校園多待三個小時。

亞歷克三步併作兩步跟著弟弟身後，自我感覺還挺良好的。雖然開學第一天亂哄哄的害他忘記，雖然所有的枝微末節他還沒釐清頭緒，但他已掌握大部分重點，這種感覺就像他做數學考試……還有科學、英文、社會科考試。只不過這種感覺一定會有所變化，而且，一旦爸媽收到范絲校長寄的信，家裡肯定會有火花……而且是不好的那種。

他們到了兩條主廊的交會處，路克停下腳步。

亞歷克問他：「你怎麼會想到要去公車站找我？」

「因爲昨天吃完晚餐後，媽媽叫我一定要盯緊你。」

「喔。」

路克的手指著一個方向。「你去體育館。我會在學校餐廳。」

「啊？爲什麼？」

「他們寄來的手冊上是這樣指示的，」路克說：「幼兒園到小三學生到學校餐廳報到，四、五、六年級生到體育館報到。你今天早上帶零食了沒？」

亞歷克一臉茫然。「零食？」

「對，零食，也就是人類在正餐之間吃的食物。」

以一個三年級怪咖來說，路克的冷嘲熱諷還挺有一套。亞歷克微微笑。「沒……沒帶

零食。」

路克把手伸進背包，掏出一條燕麥營養棒和一瓶蘋果汁，遞給亞歷克。

亞歷克扮起鬼臉。「沒有洋芋片、起司條，或是其他什麼好吃的嗎？」

路克假裝沒聽到。他掀開 **iPad** 的蓋子看時間。「你已經晚了四分鐘。假如你沒趕在三點七分前報到，他們就會通知學校辦公室和家長；假如你遲到超過十五分鐘，他們會通報警方。媽媽六點鐘會到體育館門外接我們。」他說完轉身，快步走向學校餐廳。

亞歷克邁開大步朝前方走。只要一分鐘左右，他就能走到體育館的大門，在這短短的步行時間，他領悟到一些事。

起初八月的時候，他一想到要在校園多待三小時，就覺得這樣結束一天未免**太悽慘**了。但如果六年級每一天都像今天這樣，那麼就一切改觀。

他突然覺得課後照顧班是天大的恩賜。這下他多出一大把的個人時間，沒有人會打擾他，其他什麼事都不用做，他可以一直看書、看書、看書。

亞歷克斬釘截鐵做出結論：課後照顧班剛剛成爲他六年級一整年最棒的時光。

4 規則

亞歷克在三點六分抵達體育館。

他在門邊的辦公桌報到，然後沿著西邊的牆走到一半，在看臺座位旁的一疊體操墊撲通坐下，然後再一次把《大君王》這本書翻開。

過了將近二十分鐘，又有個聲音打斷他的故事。

「抱歉，請問你是亞歷克嗎？」

他馬上挺直腰桿。「是的……亞歷克．史賓塞。」

原來是剛才在門口幫他報到的那個女人，她的目光穿過褐色膠框窄版眼鏡俯視著他。她留了一頭金色短髮，戴著貓咪造型的金色小耳環，一條手鍊鬆鬆掛在戴戒指那隻手的腕上；亞歷克忍不住注意到她手指纖長，還塗了鮮紅色指甲油。這讓他馬上聯想起《洞》這本故事書裡的典獄長，她管理一間沙漠中的少年感化院。

她說：「你有沒有拿到課後照顧班的學生資料手冊？選好要上哪一組了嗎？」

「有，」他說：「放在家裡……但我還沒機會看。」

女人說：「這樣啊。好吧，我是凱絲老師，也是課後照顧班的主任。你可以有三種選擇：你可以報名體能遊戲組或社團組，也可以每天下午到自習室報到。」

凱絲老師說話的時候，臉上擠出牽強的笑容，亞歷克看得出來她在氣他事先居然不知道有哪些選項。

「那麼，這些就是你可以選的組別。」她說。

亞歷克說：「可是……我不能坐在這裡看書就好了嗎？」

凱絲老師搖搖頭。「一定要從我剛才講的三種組別選一種報名——社團組、遊戲組或自習室。如果你讀的那本書是老師出的功課，就該去自習室，也就是四〇七室報到。」

亞歷克說：「這本書？這是讀好玩的啦，我已經看過四遍了！」他揚起微笑，但凱絲老師的臉上毫無笑意。

她從眼鏡頂端注視他。「但是，你也有回家功課要做吧？」

他點點頭。「有啊，超多的！」

「那你可以去自習室做啊。」

「這個嘛，」他慢吞吞的說：「是可以沒錯啦，但是我想晚一點等回家再做……那是

回家功課嘛，對吧？」

亞歷克還是笑容滿面，而凱絲老師依舊綳著一張臉。

「資料手冊上也有說明，學生可以利用前兩天決定要怎麼三選一。如果不想加入自習室，可以去找詹森老師或他的助理，問問看體能遊戲的內容。不然也可以跟魏拿老師聊聊，社團組是他負責的，他會向你介紹。」

凱絲老師多看了亞歷克幾秒，這回對他流露真摯的微笑。「遊戲組很好玩的。假如這裡的社團你都沒興趣，也可以自己成立社團呀。課後照顧班就是好在可以和學校裡平常沒機會認識的小朋友一起相處。但無論你選哪一組，就是不能自己倒在體操墊上，知道了嗎？好吧，祝你下午愉快，如果還有其他問題，我很樂意爲你解答。」

講到這裡，凱絲老師便轉身走回她位於體育館大門的指揮中心。她穿著深藍色的長褲套裝，所以看起來有點像警察。只不過她又配了一雙橘色和白色相間的慢跑鞋，這樣又不像警察了。亞歷克會注意到鞋，是因爲她的鞋踩在光潔的木頭地板上嘎吱作響。

大門上方的大時鐘外裝了一個結實的鐵絲籠，這樣才不會被亂飛的籃球砸到，他看看時間將近三點半。

門口右邊的角落，有一群小朋友好像正要開始踢球，可是接下來的兩個半鐘頭，亞歷克並不想玩任何體能遊戲，畢竟整天東奔西跑換教室，他的運動量也夠多了。於是他

把書塞進背包，走向社團區。

五張折疊餐桌沿著後牆擺放，每張之間隔了三、四公尺的距離，有個身穿藍色毛線衣的高個男，正在幫小朋友從角落的儲物櫃搬出一盒盒的塑膠箱。每張桌上都放了個手寫的小牌子：**西洋棋社**、**機器人社**、**中文社**、**樂高社**、**摺紙社**。

亞歷克也不太想加入社團……而且他眞的不想自己成立社團。組織一項活動後還要一直去經營？想想還眞煩人。因爲今天的此時此刻，他唯一想做的就是看書。

亞歷克回頭偷瞄凱絲老師有沒有在看他。沒有。於是他匆匆走向小朋友最多的那張桌子，也就是樂高社，社團裡有三個男生和三個女生。個子最高的男生正從一個大箱子搬出一盒盒樂高零件，遞給其他小朋友。這些人亞歷克一個也不認識，但是很肯定他們都是五年級生。

他走到桌前，微笑著對大家說：「我可不可以坐在這裡看書？不會打擾到你們的。」

高個男孩聳聳肩說：「好啊。」其他小孩也大多點頭同意。

後來有個女生開口說：「可是，如果你想加入社團，一定要向魏拿老師報名。」

「好。我會記得去。」

亞歷克又朝體育館另一端瞄了一眼凱絲老師……沒被發現。然後他迅速繞到桌子後面，溜到大塑膠箱對面的位子上縮在箱後，藏得不著痕跡。接著他掏出《大君王》又讀

了起來。

故事令他精神一振，一如往常陷入劇情無法自拔，完全把凱絲老師嘎吱嘎吱響的慢跑鞋拋到九霄雲外。雖然故事內容他早就倒背如流，他還是深愛著每個角色、每個情節轉折。畢竟過了這樣的一天，能對接下來發生什麼事完全瞭若指掌，這感覺實在太棒了。

5 易如反掌

現在還是開學第一天，星期二的下午似乎永遠也過不完。五點十五分左右，亞歷克感覺有人輕拍他的肩膀。他扭肩把那人的手甩開，繼續看他的書，一邊大嚼路克給的燕麥營養棒最後剩的一點點。《大君王》裡他最喜歡的角色塔安快要被救出來了，接下來戰役就要在……

又被拍了一下。

「不好意思，打擾了，」那個人說：「不過我得跟你說話。」

亞歷克將視線從書頁移開往上一瞧……再往上一瞧。是那個高個男，負責社團的魏拿老師。

「喔，嗨，」亞歷克說：「抱歉喔。」

「能不能來這裡一下？」男人指向儲物櫃旁邊的一張小桌。

亞歷克從樂高桌起身跟他走，一面回頭看看整個體育館，沒看見凱絲老師。

「我是不是惹麻煩了？」

「不，不是的。凱絲老師剛剛傳訊息給我說，如果你沒有參與活動的話，就不應該待在社團。」

「我剛才問其他同學能不能讓我坐在那裡看書，他們都說好，而且我也沒吵他們。至少我認爲沒有影響到他們。」

魏拿老師說：「不然你去自習室好了？就我所知那裡可以看書。」

「我知道，可是凱絲老師說在那裡只能看回家作業相關的書，但我想等回家以後晚上再做功課。現在我只想看課外書。」

「所以你沒有想加入的社團？」

亞歷克搖搖頭。「沒有。」

「機器人社還滿好玩的。你喜不喜歡數學和科學？」

亞歷克又搖搖頭。他感到難爲情，畢竟這位老師很努力釋放善意。亞歷克也想要表現友善，於是說：「不過你這些社團是真的都還不錯。」

魏拿老師微微一笑。「謝了，但社團不是我創的，是小朋友依照各自的興趣成立的。」

聽到這話，先前凱絲老師說學生成立社團的事又浮上亞歷克的心頭。「那……成立讀

書社，會不會很難？」

「一點都不難。」魏拿老師伸手從他桌上的文件夾抽出一張紙，遞給亞歷克。「這是社團申請書。你只要再拉一個人跟你一同簽署，就能成立自己的社團了。」

「眞的假的？」亞歷克問。

「眞的。」

亞歷克飛快掃了申請書一眼。「太棒了！」

魏拿老師掏出手機，打開簡訊視窗，一邊點擊螢幕一邊高聲說話：「凱絲老師，你好。我跟亞歷克聊過了，我正幫他在社團組找個位置。」他點擊螢幕，手機發出嗖的一聲。「好了。現在主任知道你要留在我這裡了。」

「謝了！」亞歷克說。

魏拿的手機響亮「叮」的一聲，收到回覆了。他注視螢幕。「凱絲老師說：『很好。不過一定要轉告亞歷克，假如他明天傍晚六點還沒找到想參與的活動，那我就直接指派給他。』」

魏拿老師把手機放回口袋。「那就這樣了，明天六點之前弄好。」

亞歷克說：「但是我只要再拉一個人加入就好，對不對？」

「對，」魏拿說：「再拉一個人。」他頓了一下，然後說：「不過，成立新社團，最

後還是要讓課後照顧班主任核准才行。」

「你是指凱絲老師嗎？」亞歷克問他。

「沒錯，」他說：「就是凱絲老師。」

6 找錯人

我只要在明天傍晚六點前再拉一個人就好。

魏拿老師走到機器人社那桌幫忙，亞歷克又看了時鐘一眼。現在才五點半，所以他還有一點時間。他坐在地板上讀起社團申請書。

其中有一句他特別留意到：**只要是報名課後照顧班的學生，隨時都能加入任何社團。**

這麼說來，搞不好他會跟一桌子小孩在一起！一堆小孩通常就表示會嘰嘰喳喳、鬧來鬧去……一大堆干擾。雖然這樣書還是看得下去，可是困難多了，就好像要看書卻又得跟他弟弟待在同個房間那樣。

理想的狀態是保持社團規模小。至於最佳狀態呢？最好是只有**兩個社員**！但要怎麼做？怎麼做才能讓其他人不要來參加讀書社這麼酷炫的社團呢？

沒過多久，亞歷克臉上泛起一絲笑意。答案很明顯。不要叫「讀書社」，他決定幫社

團取另一個名字。

他在申請書上填好名稱和社團目的，並在底下「**創社會員**」兩行欄位的其中一行簽了名。

然後亞歷克站起來，這才仔細看看其他課後照顧班的小朋友。他估計體育館裡男女生加起來大概有四、五十人，全都是四、五、六年級生。其中亞歷克也認識幾個小六生，但是沒有一個稱得上是朋友。事實上，過去五年來，亞歷克花在書上的時間，比花在跟其他小朋友相處多得太多。

足壘球區傳來一陣歡呼，將亞歷克的注意力引到那個遠遠的角落。他看見肯特．布萊爾正繞過三壘，奔向本壘板。

每天多三小時跟肯特共處一室？才不要咧。

沒錯，體育館空間是很大，問題是肯特的影響力一向無遠弗屆。亞歷克暗自埋怨肯特的同時，視線掃到另一個人——大衛．漢普頓。他在菱形足壘球場後面的一道牆邊。

大衛是他的鄰居，拐個彎就能到他家。他和肯特一樣，都是亞歷克從幼兒園就認識的朋友。亞歷克、肯特和大衛三個人，小時候常玩在一起，有一年暑假甚至一同報名游泳營，整整兩個星期每天下午都在泳池戲水。

那大衛和肯特有什麼差別呢？大衛，目前還是個好人。

亞歷克穿過體育館，走到遊戲區的角落。起初他以爲得等到球賽告一段落，才有機會跟大衛講上話，後來定睛一看才發現那根本不是什麼球賽，比較像是足壘球表演，而肯特當然是萬眾矚目的焦點。每次只要他大腳一踢，就有三、四個女生蹦蹦跳跳、鼓掌叫好。**「耶！肯特，加油加油加油！」**好像肯特的一舉手一投足都會引起女生的興趣。這個現象亞歷克以前就注意到了。

大衛走向飲水機，亞歷克見狀匆匆跑過去，把他拉到一旁。

「嘿，大衛，你好嗎？」

大衛詫異的微微笑。「嗨！我不知道你來上課後照顧班呢。」

「對啊，今年才開始的，」亞歷克說：「嘿，跟你說哦，我有個點子。」他秀出申請書，繼續說：「我們倆創個新社團怎麼樣？必須要快，最好今天搞定，因爲明天結束以前要完成報名。你只要在我名字旁邊簽名就行了。」

大衛正接過申請書，突然有隻手伸過他的肩膀一把搶走那張紙。

原來是肯特。「嘖嘖嘖，眞難得耶……我和亞歷克還有大衛三個童年玩伴現在又合體了！看看我們這是什麼活動呀？」他掃視一眼申請書，臉上綻放一抹燦爛的笑容。

肯特把申請書還給大衛。「亞歷克，別讓我打擾你了，你繼續說，跟大衛說說你的新社團有多厲害。」

大衛只花了幾秒鐘就讀完申請書。他望著亞歷克，對他搖搖頭。「我可能不適合這個社團。它感覺有點……有點……」

「白痴？」肯特幫他接話。「你就是想說這句話對吧？因爲它本來就白痴到了極點。至於我們的亞歷克呢，他一定認爲你夠白痴，所以才會想幫他自己成立一個專屬魯蛇的社團！」

亞歷克不理會肯特，只對大衛微笑。他說：「我知道這聽起來有點白痴，但是這樣才能達到效果。這正是我的用意。假如我們不自創社團，明天過後就得加入什麼西洋棋社或機器人社……或踢室內足壘球踢到我們發瘋。」

肯特探頭插話。「喂，亞歷克，你猜怎麼樣？我跟大衛啊，早就報名體能遊戲組了。我們**喜歡**踢足壘球，而且踢得嚇嚇叫。大衛才不會跟你合創開給魯蛇的社團，就這麼簡單。大衛，你說對不對呀？」

大衛漲紅了臉似乎說不出話來。他在亞歷克和肯特的爭執中當夾心餅乾，這種角色以前就做過好幾十遍了。

亞歷克現在直接對著肯特說：「這不是專門開給魯蛇的社團，只是名字叫『魯蛇俱樂部』，這樣其他人才不會想加入，我跟大衛就能在某個角落擁有一張專屬的桌子，想做什麼就做什麼。」

「聽著，」肯特說：「大家都知道，其實你每天下午只想呆坐著看書，所以你那個呆瓜社團取什麼名字根本沒差，只不過是**書呆子**亞歷克的棲身之處啦。」

亞歷克瞇起眼。這是肯特今天第二次對他用這個字眼。怒氣如波濤一湧而上，回憶如疾風捲入心頭。

他八歲生日派對得到的禮物其中之一是本新書。他撕開包裝紙，然後坐下來讀書，一讀就是四十分鐘，無視自己的生日派對正在進行。等到他赫然發現派對快要結束了，於是跑進後院。沒想到肯特竟把一顆足球踢向他，並大聲嚷嚷：「嘿，看看是誰回來啦，是**書呆子**亞歷克！」

其他小朋友哈哈大笑，紛紛拿這個綽號取笑他。

「喂，**書呆子**，歡迎回來你的派對！」

「對呀，你剛在**呆子**樂園玩得開不開心？」

「**書呆子**，快把球傳過來！」

肯特帶頭叫他書呆子，後來這個標籤便一路跟著他進學校。亞歷克常聽見別人這麼叫他，肯特更是頭號慣犯。

這樣叫他是否合情合理？那是當然，而且亞歷克也心知肚明。他真的愛死閱讀了，所以人家叫他書呆子，其實他覺得那是自己至高無上的光榮，所以大多數時間他並不覺

得困擾。

可是肯特奚落他的嘴臉，那就另當別論了。

亞歷克還是希望大衛能自己想想而且喜歡這個點子，於是他繼續賣力推銷。「大衛，說眞的，社團的名字當然有差囉。假如社團的名字一出場就轟動武林，那其他人可能搶破頭都要加入，問題是……」

「**問題是**，」肯特又插嘴了：「你不想被其他人打擾，因爲你**眞正**要的就是呆呆坐著，一如我說的，做個**書呆子**！」

亞歷克幾乎是用吼的說：「我又不是非得一直看書，我跟大衛也可以聊天啊……或玩桌遊啊。能做的事可多著呢！」

「是是是，」肯特訕笑著說：「就跟**廢柴魯蛇**一樣嘛。哇，亞歷克，你這不是爲難大衛嗎？他到底是要在足壘球場上展現雄風呢，還是到呆瓜窩裡魯蛇排排站呢？」肯特轉身離去，又轉頭說：「我呀，我要去本壘板挑選出**夢幻**隊員囉！」

大衛的臉仍漲紅著。他聳聳肩，試圖擠出笑容卻又笑不出來。他把申請書還回去。

「我……我想我還是待在體能遊戲組好了……亞歷克，抱歉啦。」

然後他就迅速離開去追上肯特。

課後照顧班的最後十五分鐘，女生們爲肯特歡呼的聲音不絕於耳，亞歷克溜回樂高

桌躲起來。有沒有被凱絲老師發現，他已不在乎了。

他試著從剛才讀到的段落接續下去，卻無法沉浸其中。因爲每隔幾分鐘，他就會聽見肯特的聲音在腦海中迴盪：**書呆子！**

7 療癒

「後座繫上安全帶！」

亞歷克回嘴說：「我每次上車你都要唸一遍嗎？我**知道**怎麼繫安全帶！」

老媽轉身面向他，然後高八度尖聲說：「我不知道你是誰或是哪裡來的，但從現在開始，我說什麼你都要照辦，聽懂了嗎？」

這是老媽最喜歡的《星際大戰》其中一句臺詞，她剛剛是在模仿莉亞公主的聲音。這實在很煩，但也很搞笑。無論何時何地，老媽幾乎都能找到合適的《星際大戰》臺詞，但只要她當上這輛迷你廂型車的指揮官，一有什麼事，電影臺詞就會傾巢而出。

老媽伸長脖子從後視鏡看著路克和亞歷克。她說：「我要知道你們開學第一天過得如何，但你們的老爸也很關心，所以等到晚餐時間再說，好嗎？」

「我沒差。」亞歷克說。

路克的 iPad 早已亮起。「我也是。」

亞歷克拿出一本書，但不是在體育館看的那本。這本是《夏綠蒂的網》。他二年級那年第一次讀，是讓他意猶未盡、再三細讀的書，就像《歷劫孤星》、《海角一樂園》、〈納尼亞傳奇〉、《哈比人》還有其他二十幾本書一樣。

有的人有療癒食物，亞歷克則有療癒書，他可以回味熟悉的故事情節，這種感覺宛如騎著單車滑過下坡，或在平靜的湖面滑水，而《夏綠蒂的網》是他心目中的經典愛書。

只不過，這些日子以來，他不會在公共場合讀這本書。住在農場的女孩和豬、蜘蛛，還有一群穀倉動物說話的故事？多數小六生不會對它有興趣。但亞歷克卻爲此著迷，才不用兩分鐘的時間，肯特和他的種種侮辱便漸漸消逝。

路克突然用手肘推亞歷克一下，這種舉動發生的次數相當頻繁。亞歷克很討厭別人打擾，尤其討厭別人戳他肋骨。

「看我今天在『**課後班**』做的動畫。」

路克什麼都喜歡講簡稱，「課後班」就是課後照顧班的簡稱。

他把 iPad 塞到亞歷克面前。

螢幕上有隻紅眼爆凸的黃黃綠綠怪物不停繞著圈子追小白貓，最後牠終於把這隻毛茸茸的小動物逼進左下角的角落。怪物張開牠淌著唾沫的大嘴，沒想到小貓竟然把嘴巴

張得更大，剃刀般的尖牙比身體還長，大嘴喀嚓一咬，就把怪物碎成七塊，屍塊攤在地上顫抖著滲出汁液。然後小貓閉上嘴，輕輕喵一聲。「幹得好！」三個字躍上螢幕。

亞歷克哈哈笑。「**太強了！**」

路克好像在回話，但實際上是自言自語。

「動畫不夠流暢，音效也要再調整，結尾還要再聳動一點，要多加點黏液。」

路克別過頭，滑到別的應用程式，開始東敲敲、西敲敲。

亞歷克很早就知道他弟來自另一個銀河系。事實上，跟他的爸媽來自同個銀河系，他們三個全都住在電腦的宇宙，但亞歷克不同。他們愛盯電腦螢幕，他愛讀紙本書。

一個開白色跑車的女人超車，按著喇叭竄過他們的迷你廂型車。

老媽模仿尤達的語氣說：「你必須忘掉你學過的一切。」

又是星際大戰的臺詞。

亞歷克三年級的某個星期五晚上，他和爸媽一起看星際大戰正傳的電影。大概看到一半的時候，他發現他們的嘴唇在動。整齣電影的每句臺詞他們倆倒背如流！

他爸媽蒐集一大堆星際大戰的收藏品。他們擁有所有角色的小公仔，而且每個人物至少有兩款；有各種不同尺寸的X翼戰機、兩套星際大戰樂高積木，一組拿來玩，另一組不拆封純收藏；有六款不同的光劍、七或八套桌遊、一組巨大的死星太空站、一艘帝

國星艦、一艘千年鷹號的模型……星際大戰的東西滿坑滿谷。

令人驚訝吧？沒錯。

而且還有點瘋狂。他們還有一臺修復好的一九八〇年代遊戲機臺，塞在起居室的角落。這個遊戲亞歷克很拿手，他對光劍十分著迷。他喜歡光劍發出的呼呼聲和嗖嗖響，而且相擊的時候，鋒利的回聲令他驚豔。而且在讀完《羅賓漢歷險記》、〈納尼亞傳奇〉和許多洛依德．亞歷山大的書之後，亞歷克對持劍對戰已毫不陌生。

當爸媽向他解釋他們是以飾演第一代歐比旺．肯諾比的演員亞歷克．吉尼斯爲他命名，而他弟弟的名字是取自天行者路克，他一點也不感到意外。

亞歷克最後與家人看完了其他每一部星際大戰電影。電影雖然好看，但他眞正愛的是老爸整個書架的〈星際大戰〉藏書，一共有超過四十本的圖畫書、漫畫書和小說。

四年級那年，亞歷克把架上的每本書都嗑完了，然後他把每本小說都重讀一遍，又一遍。後來老爸買了《星際大戰外傳》回家，他把全套十集都讀完了，而且讀了二遍。

但電影他大多只看一遍。

沒錯，電影充滿了精采的動作場面，還有爆破和瘋狂追逐的畫面，而且音效也很酷炫，尤其是光劍戰鬥的鏡頭，可是跟小說比起來，電影就顯得單薄空洞。《黑神鍋傳奇》的電影和原著一比也遜多了，原著好看十倍。電影總是太……太短了。

學校到家裡的車程也很短，甚至不夠他讀完半章，尤其又有路克在他旁邊喃喃自語、敲打螢幕。

汽車轉進停車道，老媽按鈕把車庫的門打開。迷你廂型車停進車庫，她又按鈕開啓裡面的兩扇拉門。

路克東西一收就下車，但亞歷克留在原座繼續看書。他快讀到老鼠田普頓和他的臭雞蛋了。直到把整章讀完他才罷休。

他闔上書，發現自己孤零零的坐在黑暗的車庫，藉著迷你廂型車後座的車頂燈看書。他再次想像肯特嘲諷的嗓音：**書呆子！**

但是後來，亞歷克聽見自己的聲音在車庫的牆壁間迴蕩：「老兄，你猜怎麼著？我就是**喜歡**當書呆子，而且我當得很有**成就感**！」

然後他咧嘴一笑，彷彿肯特剛替他解決了問題，因爲他不必說服所謂的朋友跟他合創新社團了。

他只要再找另一個書呆子就好。

8 臭鼬

「閃開。」

這是她說的第一句話，而亞歷克根本還沒機會張口。女孩連頭也沒抬，把他當蒼蠅似的單手揮揮趕他走。她雖然參加摺紙社，卻背對桌面朝反方向坐，兩隻腳擱在書包上。她在看書。

亞歷克只要跟女生講話，多數時候都會手心冒汗。他花了將近一個半鐘頭的時間，才鼓起勇氣走到這個女孩面前；但很明顯的是，他的努力很可能在轉瞬間被打槍，或許比昨天被肯特和大衛拒絕更慘烈。

亞歷克不認識這個女生。他好像在語文課見過她坐在教室後排的某處，可是他不太確定。畢竟他坐在最前排，每隔兩分鐘就被布洛克老師瞪一眼，只能上緊發條，眼睛哪敢到處亂瞄？他甚至無法確定這個女孩是不是六年級，她說不定才念五年級。

她穿了牛仔褲和褪色的紅T恤，還把一件運動衫折起來當靠枕，墊在她的背和桌子之間；及肩的褐色頭髮、紅白相間的運動鞋、一雙白襪，五官看不太清楚，因爲她還沒抬頭看他。她正在讀精裝本的《時間的皺摺》。這也是他的愛書之一。

亞歷克靈光乍現。

「要我走可以，」他說：「但在走之前，我要告訴你**那本書**的結局。」

女孩一躍而起，速度之快，嚇到亞歷克下巴都快掉下來。她眼睛瞇成兩條線，拿著書對著他揮舞。

「你敢給我透露一個字，我就……」

「好啦，好啦！開玩笑的嘛！」亞歷克說。他像是被逮捕似的，一邊後退一邊高舉雙手，而他此刻的心情也跟被捕沒兩樣。她正在離他鼻子十幾公分的地方拿書揮舞。這時候亞歷克才看到女孩的眼睛，是褐色。

摺紙社的另外五個小孩擔心的望著他們，一個看起來像小四生的嬌小女孩格外憂心。

「說眞的，」亞歷克低聲下氣的說：「劇透或爆雷這麼缺德的事，我絕不會做。眞心不騙。我……我只是想問你一件事。問完我就走人，如果你不想跟我說話，我絕對不會再打擾。好不好？」

她把書放下，亞歷克也跟著放下高舉的手。

「好，」她說：「有話快說。」

他打手勢要她離摺紙桌遠一點，然後輕聲說：「我想成立一個新社團，需要再拉一個人簽申請書。」

他遞出那張紙。

她用下巴指向桌子那頭。「不行，我參加摺紙社了。第一天就報名，免得麻煩。」

「好吧，」他慢慢的說：「但你見過凱絲老師了嗎？她這個人最講規矩，要不了多久，她就會發現你根本沒摺紙，她**不會**讓你坐著占位子的。所以……如果你在這張申請書上簽名，我們就能共組一個新社團，到時你想看什麼書都沒人能攔你。就這樣。」

她皺起鼻頭。

「嗯……你打算成立**讀書社**？我**超討厭**讀書社……一堆討論超無聊的。我再說一遍，**閃開**。」

她準備走回摺紙桌。

「不是這樣的，」亞歷克趕緊挽留她，「我只是想找個可以坐下來看書的地方……不討論，光讀書。我不想找一堆人鬧哄哄的，可以的話，我寧可自己霸占整張桌子，可是規定至少要兩人才能創社，所以兩人就是我的上限。成立新社團的期限又是**今天**……再過一個半小時就截止了。」

這下她聽進去了。也動腦思考。

「但你要怎麼阻止其他人加入？」

「這個嘛……」亞歷克欲言又止。「你有沒有讀過《手斧男孩》？」

「有，」她說：「讀了至少五遍。」

她的回答使亞歷克對這個女孩的興趣比前幾秒增加至少五倍，而且聽了讓他微微笑。

「那系列小說的第三部《另一種結局》呢？」他問。

她輕蔑的看著他。「當然。」

「非常好。那故事裡的小孩是怎麼不讓熊靠近避難所的？」

「這題眞簡單，」女孩說：「他養了隻臭鼬當寵物。」

「完全正確！」亞歷克咧嘴對她笑著說。

她繃起一張臉。「所以說……你把我當寵物臭鼬囉？我是你精心策劃的一隻棋子，幫你從寶貝桌子前趕跑野獸？」她往左邊一指。「**滾！**」

「不是……不是啦！」他說：「聽我說，」他舉起申請書，「我把社團取名爲『魯蛇俱樂部』，這名字才是臭鼬啦！」

她目不轉睛的盯著他，但不到一秒鐘，她就點頭微笑。「算你天才！」

這個讚美使亞歷克對這女孩更感興趣了，況且她看起來人不錯；尤其是沒拿書在他

面前揮舞的時候。

她從後口袋抽出一支筆，指了指申請書。

「我叫妮娜。妮娜．華納。要在哪裡簽名？」

「就在底下……對了，我叫亞歷克．史賓塞。」

她接過申請書來讀，收起笑容。她指著簽名欄位正上方的短短一行字。

「你看到了嗎？」她看著表格讀出來：「十月二十日爲本校課後照顧班的參觀日，凡是社團成員都要上臺報告活動內容。」她搖搖頭。「我最討厭這個了。而且我們社團只有兩個人，那我一定得說點什麼……或做點什麼。」

「哦，那個啊？」亞歷克說：「參觀日不是問題啦。我們是讀書社，對吧？我只要交個讀書心得之類的報告就好。寫讀書報告我最擅長了，一切交給我。」

她說：「嗯……好吧，那你要說到做到。」

「我一定做到。」他說。

於是妮娜．華納按出筆芯簽了名。離凱絲老師的期限剛好還差一個半小時。

9 社桌

星期四下午，亞歷克第三天到課後照顧班報到。他對凱絲老師露出燦爛的笑容。她也回以微笑，只不過他幾乎沒注意到。

因爲今天有別以往，整個大體育館變得截然不同。今天，他再也不會無家可歸，他有了屬於自己的一席之地，所有的規矩都對他有利。然而，不是簽個名一切就塵埃落定。他還得花點工夫。

妮娜在昨天四點半簽了社團申請書。亞歷克把它交給魏拿老師，到了五點鐘，魏拿老師再交給凱絲老師。十分鐘後，亞歷克已站在體育館大門旁課後班主任的桌前。凱絲老師視線從申請書移到亞歷克的臉龐，抬起頭凝視他。「**魯蛇俱樂部**？讀書社取這個名字好像不太文雅吧。」

亞歷克不想向她解釋取這個社名的背後原因，也希望她不要小題大作。

於是他聳聳肩，說：「我只是喜歡這個感覺啦。」

這是事實。

凱絲老師略皺眉頭，陷入沉思。「爲什麼不叫『課後班讀書社』或是『手不釋卷社』之類的呢？」

亞歷克又聳了聳肩。「我覺得『魯蛇俱樂部』聽起來比較好玩。」

這也是事實。

接著換他發問：「有規定社團不能取哪種名字嗎？」

「這個嘛……沒有，」她說：「不過我還是覺得這名字很怪。」

這是亞歷克第三次聳肩。「我還是喜歡這個。」

凱絲老師雖不滿意但也只好說：「好吧……應該不會造成什麼問題。畢竟讀書社取什麼名字都還是讀書社，對吧？」

「沒錯。」亞歷克回答。不過，可以確定的是，他成立這個社團的宗旨，絕對和她想的不同。

凱絲老師繼續說：「你在申請書上看到十月的學校參觀日了吧？這是我們課後照顧班有史以來第一個讀書社，我很想看它好好發展，也希望你和社團的成員準備一份有趣的報告。」

亞歷克說：「我們已經討論過學校參觀日了。一定會很精采的！」後來他又自己默默的補了一句：「**大概吧……嗯，或許吧**。」

凱絲老師沒什麼問題可問了，所以在申請書上簽名。她微笑著說：「這應該是我第一次這麼期待新社團！」

雖然這全都是昨天發生的事，感覺起來卻好像遠古以前了。

亞歷克走向體育館遠處的牆壁，發現到現在擺出的折疊餐桌是**六張**。魏拿老師正在努力幫小朋友從儲物櫃搬出一盒盒箱子。

西洋棋社的四名學生有一個小箱子，大小夠裝兩張折疊棋盤和兩副西洋棋。一個中型箱子可以放摺紙社全體成員所需的用具。機器人社有兩男兩女，他們有兩個中型箱子，裝得滿滿都是零件、工具和金屬線，另外還有個小箱子塞滿了電池和電源變壓器。

樂高社的六個小孩有四小箱外加兩大箱，毫不含糊，全都要用來蓋東西。

中文社一個箱子也沒有。桌前的三個小朋友每天自備用具——iPad、耳機、還有從學校圖書館借來的練習簿。

亞歷克望著第六張桌子，最新的一張桌子，**他的**桌子，情不自禁的露出微笑。沒有箱子，沒有成群結隊的小孩，只有一張桌子。而且魏拿老師分毫不差的把桌子放在亞歷克要的位置，也就是角落。

亞歷克看魏拿老師從儲物櫃取出的最後一樣東西，是一疊寫了社團名稱的卡片。卡片並不花俏，只是重磅牛皮紙折成長條狀。每張雙面紙卡長約三十公分、高約八公分，用黑色的粗馬克筆寫下社團名稱。

魏拿老師在各桌間走動，將牌子置於桌上。小紙卡很別緻，亞歷克第一天就注意字體寫得多工整。他想知道魏拿老師是不是修過什麼課把字練得這麼美。

亞歷克和魏拿老師同時抵達角落的桌前。

「嗨，亞歷克。你好嗎？」

「好極了！」

魏拿老師舉起這張新的紙卡看個仔細。

亞歷克笑容滿面。「眞好看……字寫得好美。」

「謝了。」魏拿老師說。他遲疑片刻。「你確定我沒寫錯？」

亞歷克點點頭。「確定，完全正確。」

「好吧，」他說著就把紙卡擱在桌上，「待會見囉。」

亞歷克沿著桌子後側滑到長凳上，這樣他就背靠著牆，一來，背部有支撐；二來，如果有小朋友靠近，看見社團的名稱，他坐在這一側就可以直接捕捉他們的臉部表情。這樣說不定會很有趣。亞歷克確定，這是課後照顧班有史以來第一次有社團取名爲「魯

蛇俱樂部」。

他把手伸進背包，又掏出《大君王》。不過，在翻開書之前，他望向體育館另一頭，看到體能遊戲組的小孩全都聚在靠近攀岩練習牆那個遠遠的角落。他們在等詹森老師分配足壘球和籃球。至於誰排在隊伍的首位？不用說也知道是肯特。

有個念頭一度閃過亞歷克的腦海，他想從社桌前站起來，對體育館的那一頭喊著：**喂……肯特，就是你！照過來，看看我的新社團！我才不稀罕你幫忙咧！**

但他沒有。亞歷克將他和大衛與肯特的對話徹底拋在腦後。這也是第十五次他逼自己別去想他和范絲校長的對話。

因爲，校長寫給爸媽的那封信，現在八成已經寄到家了，就像個困在信封裡的迷你龍捲風，隨時要炸開，把他的生活吹得支離破碎。他知道風暴即將來襲，而他也一直在備戰……但既然目前什麼使不上力，亞歷克索性翻到《大君王》的第六章開始閱讀。這動作立刻把他帶到一個遙遠的國度。

可惜他在那個國度待不到十分鐘。

一陣歡呼如雷爆開，逼得他從書中轉移視線。在體育館遠處角落，肯特剛踢了個滿貫全壘打。他奔過三壘，隊友全都爲之瘋狂，圍成一個圈齊聲頌揚：「**冠軍！冠軍！冠軍！冠軍！**」

這好像是肯特的足壘球隊隊名。

亞歷克笑得牽強。原來肯特昨天並不是吹牛，足壘球他眞有兩把刷子，而大衛也不遑多讓。

被人家叫書呆子叫了五百次的怒氣，如今已雲淡風清，消失無蹤。嗯……幾乎啦。他確實仍爲大衛感到難受，害他在那次爭執中當夾心餅乾。不過，肯特說得對，這個社團的確是給想要好好坐著看書的小孩，大衛八成對它興致缺缺。

況且肯特本來就有權決定自己的喜惡，對吧？每個人都有這個權利。儘管肯特試圖輕視他、取笑他，但到頭來反而幫了他一個大忙。

因爲，就在今天，他擁有自己的社桌，有足夠的空間舒展手腳，眼前還擺了本教人愛不釋手的書，外加三小時無拘無束的時間。

而且，他還準備了一大袋起司條，和兩包超甜的夏威夷果汁。

再加上那個女孩，妮娜，她眞是……聰明伶俐，也挺漂亮的。她正朝他這頭走來。

亞歷克試著低調的看著妮娜走過體育館。她走近到看清桌上的新牌子，不禁微笑。

而且是對他。

10 立牌

妮娜把背包甩下來放在桌上，臉上笑容依舊。

她指著紙卡說：「這立牌眞不賴！」

「對啊，」亞歷克說：「我很喜歡。字是魏拿老師寫的。我猜他一定上過什麼課，才把字練得這麼美。我也想找時間問問他，看他是用哪種麥克筆，這又是什麼字體，用不同的紙寫有沒有差別……這類問題。」

亞歷克住嘴了。他的手又溼又冷。他覺得自己對這張蠢紙卡發表太多言論了。

妮娜坐在他的斜對面，亞歷克發現她穿著打扮跟昨天幾乎一模一樣，唯一不同的是T恤換成深綠色的。她肯定是跟他一起上語文課的，今天早上在課堂上見到她，卻沒去和她說話。午餐時間也看見她，獨自一人坐著，看書。

他也注意到從午餐時間起，她就把頭髮往後綁成一個短短的馬尾。從她的背包露出

一條淡藍色運動衫的袖子，八成是昨天他跑到摺紙桌找她講話，她拿來當靠背枕頭的那件運動衫。

「我原本半信半疑，沒想到學校真的讓我們用這個名字成立新社團，」她邊說邊朝紙卡點了個頭，「畢竟它不太好聽。」

亞歷克還是難以相信自己昨天居然有勇氣去找妮娜講話，即使到現在他還是覺得怪怪的。他對她說的話，已超過所有他能想得到的女孩，但不包括他媽。他絕對不會把媽媽算作女孩。

他希望這段對話能持續下去。雖然得要吞吐好幾次，但終究擠出更多話了。「名字不太好聽，你意思是……？」他問。

她歪著腦袋。「聽起來有點……諷刺，或說有點**耍狠**，好像我們是一幫小偷或摩托車俱樂部什麼的。」

「哦，對耶，」亞歷克說：「有點像是《小教父》裡的小混混。」

她面露喜色。「沒錯，我**愛死**那本書了！」

亞歷克點點頭。「我也是，而且那個女作家的其他書也很好看。她好有才華呢！」

妮娜目不轉睛的看著他。

「**女作家？**S.E.辛登是女的？」

「對，她是女的。」亞歷克說。

「噢，」妮娜又趕緊補了一句：「我的意思是，誰說女生不能寫硬漢、摩托車、還有打鬥的故事……我想**我**應該可以。」

亞歷克不曉得該怎麼接話。他想補充說S.E.辛登在青少女時期就寫了第一本書，卻又不希望被妮娜以為他自認是萬事通。另一方面，他又不想突然換話題，開始針對另一主題講得口若懸河。畢竟她曾說過，不想待在愛討論的一般讀書社團……

妮娜主動打破這尷尬的沉默片刻。

「總之，就像我說的，這立牌眞是不錯。坐在這裡，比起聽那些小孩一下午都在討論摺紙要好得太多了。」接著她拉開背包拉鏈，取出一本書開始讀。

亞歷克看不到書名，但是發現她今天換成平裝本了。他不禁開始思索：

這麼說來……這本不是《時間的皺摺》，因爲那是精裝本。看來她閱讀速度很快，想必她昨晚就把剩下的故事讀完了！但或許她同時讀好幾本書也說不定……

亞歷克打斷自己的思緒。他調整坐姿，不要面向妮娜，然後把書打開。他快讀到第七章了，那章的戰爭場景總讓他看得蕩氣迴腸，每每讓他心驚膽顫、手心冒冷汗……這用來形容他找女生攀談也滿貼切的。

只不過，閱讀時感覺比較安全。

11 高尚的情操

十五分鐘後，亞歷克與一整隊戰士並肩站在一座城堡外。他深陷故事之中，感覺自己就站在塔安旁邊，刺耳的刀劍相擊聲在耳畔迴響。接著，正當塔安閃過矛、躲過箭，竟有東西砸中亞歷克的腳，在現實中。

「唉唷！」

他兩條腿往回縮，結果膝蓋砰一聲撞到桌子。

這可把妮娜嚇了一跳。**「噢！」**

亞歷克茫然的眨眨眼，這時傳來一個人聲：「喂，魯蛇。把球還我。」

肯特在奸笑。

亞歷克低頭一看，只見桌子底下有顆紅色的足壘球。他微微笑。「沒問題……冠軍。自己來拿。」

然後肯特注意到了妮娜。

「哦——嗨！你好嗎？」

妮娜闔上書本，斜眼看他。

肯特對她露出燦爛的微笑，挺起胸膛並把額頭的頭髮往後撥。

「暑假最後幾天就不常看到你了。」他又展露笑顏。

他看起來很雄壯威武，亞歷克猜想，要是換一個時空，他上戰場時肯定劍似飛鳳、盾如鐵壁。

妮娜說：「我們不在家。」

亞歷克雖然不是專家，但他看得出來，肯特對妮娜有意思。

即使妮娜沒有回以微笑，但她那沒有笑容的表情卻讓亞歷克覺得，她也對肯特很感興趣。

很早以前，亞歷克四年級的時候就發現了一件事：肯特對女孩子很有一套。他懂得怎麼跟女生說話，更厲害的是，他彷彿懂得怎麼讓女生想跟他說話。這個傢伙膽子很大。

肯特轉身，對亞歷克燦爛一笑。

「喂，你怎麼不早說？要是我知道她要加入你的社團，我肯定馬上報名！」

完全沉著冷靜，泰然自若。

只不過亞歷克覺得他的笑容虛僞到爆。亞歷克很想翻白眼，說些諷刺他的話，卻還是控制住臉部表情，裝得一副和顏悅色的樣子。

妮娜對肯特說：「爲什麼你會覺得我發現你入社後，還會想要加入？」

在亞歷克眼中，她的笑容無比眞摯。

足壘球場那頭的小孩開始嚷嚷，於是肯特彎下腰撿起球，並說：「我要去贏球了。兩位魯蛇，待會兒見囉。」

他這次說「魯蛇」兩個字，聽起來和前一分鐘的感覺天差地別。這回不再給人尖酸刻薄的印象。

肯特全速衝刺奔回球場。亞歷克知道他只是在膚淺賣弄罷了，他猜想妮娜也看得出來，只不過她似乎樂在其中。

在她繼續看書之前，他深吸一口氣說：「所以……我猜你早就認識肯特了。」

她點點頭。「我們是七月中搬來這裡的，他住的地方離我家只有五條街。有天他騎單車經過，看見我哥李奇在打籃球，他今年念國一。所以他就停下來一起打，之後也常來我家。他籃球很強。」

亞歷克說：「是啊，肯特是運動健將。我從幼兒園就認識他了。我家和他家很近，有一陣子我跟他還挺要好的，多半在暑假。」

「難道現在不好了?」她似乎很好奇。

「嗯，沒那麼好。」亞歷克說。

「我懂你意思。」她說：「我在上一個學校也交過那樣的朋友。當然啦，現在我又要從零開始，一個朋友也沒有。」

亞歷克瞄了桌面一眼。現在能看到書名了——《藍色海豚島》，亞歷克記得三年級時讀過。故事情節掠過他的腦海，他想像那個女孩獨自困在島上年復一年，學著怎麼活下去；而且這是根據眞人眞事寫的！

他認爲自己推斷無誤，妮娜確實書讀得很快。

不過，這本書似乎還有什麼特別的意涵。妮娜說完自己「一個朋友也沒有」，面容顯得格外哀傷。他想知道，書本對她而言，是否和對他一樣有療癒的功效。每當他翻開書頁，故事便如洶湧波濤般向他的生命傾注……又或者剛好相反，是他把自己的人生注入書中角色的思想和行爲上。

她仍在看著亞歷克。「我們不久之前不是討論到社名嗎?你不擔心取了這個名字，別人會一直取笑你嗎?我的意思是，這就像給所有人一個大好機會叫你魯蛇，像肯特剛才叫你那樣。」

「對，這我也想過。」亞歷克坦承。然後他聳了個肩，面露微笑。「但事實上，我不

是魯蛇，無論那代表什麼意思。總之我知道我不是。」他頓了一下，然後問她：「那……**你**覺得呢？其他人會怎麼想這個社名？會怎麼看你？」

她搖搖頭，噘起下唇。「其他人要怎麼想我都可以。我無所謂。」

又是一陣沉默。

後來她說：「你真的問過肯特要不要加入這個社團？」

亞歷克頓時覺得思緒鋒利、胸口一緊——這正是戰士拔劍，或拔出光劍的感覺。

因爲妮娜給了他一個千載難逢的好機會去刺肯特一劍。他只要把肯特介入他和大衛對話的事一五一十說出來就好。事實是：肯特根本不會加入這個社團，他絕對不要**任何人**覺得他是魯蛇，無論在哪一方面、哪個形狀或哪種型態，哪怕念頭只萌生一秒也不行。至於他爲何不准大衛加入？這又是個例子，肯特各方面都不願輸。

但對妮娜說這些話，這感覺……不太高尚。在《大君王》書中，他所傾慕的英雄全都將高尚人格視之如命。

於是亞歷克放下利劍，說出口的是另一種實話。

「我邀另一個朋友加入，肯特聽到我們談話，所以我猜如果他有意願他就會加入。不過他很愛踢足壘球，而且真的很厲害，所以他並不感興趣。」

「他知道這是讀書社嗎？」

亞歷克微微笑。「知道，他猜到了。」他差點要脫口而出，把肯特是第一個叫他書呆子的事告訴她，但他不想牽扯那些了。

「所以說，他不太喜歡看書囉？」她問道。

亞歷克又覺得機不可失，應該可以說點肯特的壞話，讓妮娜認為這傢伙不是讀書的料，說他幾乎是沉迷體育，或許再提到他對加入讀書社說了哪些刻薄的話。

亞歷克打住念頭。

他不想講肯特的閱讀習慣，也完全不想跟妮娜討論肯特；現在不想，永遠都不想。

於是他聳了個肩說：「肯特本人來說會比我說的清楚。」

她點點頭。「也是。」

妮娜回頭往足壘球場的方向望，亞歷克知道她是在看肯特。

他也很清楚肯特**知道**她在看他。

亞歷克把書打開，強迫視線留在書頁上，在字裡行間移動。

可是，城堡前千軍萬馬的激戰，如今卻相顧失色。他總是忍不住看到妮娜還是望著肯特，不過這也不關他的事啦。這個女孩有百分百的自由，對誰有意思都行……但非得是**肯特**嗎？

亞歷克突然希望自己可以進入故事中，取得一點塔安撒在戰場上的魔法粉末——那

個可以讓人變瞎的玩意兒。

假如他眞有辦法拿到粉末呢？他不曉得要撒在妮娜，還是自己身上。

大概還是撒在自己身上比較好。

這樣比較高尚。

12 大哥哥

星期五下午的三點零二分，亞歷克穿過體育館走向他的社桌。但沒想到居然有個女孩站在那裡。他認出她是摺紙社的成員，是年紀最小的小孩，四年級。

亞歷克往老位子一坐。

女孩說了聲嗨，看起來好像要走似的。

可是她留了下來，說起話來聲音好輕柔，彷彿害怕被其他人聽見。

「這……這眞的是專門爲魯蛇開的社團嗎？每次我往這邊看，你跟那個女生總是在看書。」

亞歷克想要盡快結束這段對話，好讓這個女孩回她的摺紙社。昨晚他看完了《大君王》，現在想要重溫〈波西傑克森〉系列的第一集《神火之賊》，他開始讀第三遍了。

他沒對女孩微笑，也沒故作友善，只是努力裝出他認知中的魯蛇形象。他以幾乎不

帶半點感情的嗓音說：「對啊，我們只是坐著看書。」

她說：「嗯，我是摺紙社的，其他小朋友覺得我的手很不巧，所以……我這樣算是魯蛇吧？你覺得呢？因爲我也喜歡看書……所以不知道可不可以加入你們？」

亞歷克最初的想法是：**帥呆了……連紙都不會摺、如假包換的魯蛇，要來加入我的社團！**

但他端詳女孩的容顏，想起了《夏綠蒂的網》封面畫的女主角芬兒，一樣是頭髮往後綁成短短的馬尾，面孔如此坦誠而清新。但除此之外，她們沒多少相似之處，因爲這個女孩是黑人，故事裡的芬兒不是。眼前的女孩看樣子年紀也很小，像是驚弓之鳥。令亞歷克心軟的是，她竟然能走到一個不認識的小孩面前，向他坦承：「嘿，我滿魯蛇的，可不可以加入你們社團？」這要鼓起多大的勇氣。

他有點想重步走到摺紙桌，對那些傷女孩自尊心的小孩大吼，又或者硬起來挺身而出，跟《小教父》裡的大哥哥一樣。在現實生活中，他沒啥機會扮演路克的大哥哥。很多時候好像反過來似的，是路克在照顧他。

於是亞歷克對她微微一笑，說：「聽我說，你擅不擅長保密？」

她瞪大雙眼，一臉正經地點點頭。

「那就好，」他壓低音量說：「因爲我有**兩個**重要祕密要告訴你。第一點，無論是

誰，都不會因爲紙摺不好就變魯蛇。第二點，魯蛇俱樂部其實是給喜歡閱讀的小朋友開的祕密社團。你要加入再好不過了。」

亞歷克看到女孩表情的轉變，一度以爲她想抱住他。於是，他擺出正經八百的架勢。「你叫什麼名字？」

「莉莉·愛倫比。」

「好，」他邊說邊煞有其事的記在《波西傑克森：神火之賊》的封面內頁。「快去跟魏拿老師說你要加入魯蛇社，然後把你的東西帶來這裡。今天有沒有帶書來看？」

「嗯……我……沒帶。」她的臉彷彿要崩解了。

「沒關係，」亞歷克說：「我背包裡有本《夏綠蒂的網》。」

燦爛的笑容。「我**愛死**那本書了！」

亞歷克回以微笑。「我也是。」

莉莉快步離去的同時，妮娜來了坐下。

她用下巴指了一下女孩，問說：「那是怎麼回事？」

亞歷克說：「她是莉莉·愛倫比，要加入我們社團。又是一個從摺紙社逃過來的。」

妮娜斜眼看他。「我以爲你希望社團規模保持迷你。」

「是啊，」他說：「我的初衷沒變。她不會占多少位子的。況且她也喜歡看書。沒問

題的。」

他差點就要向妮娜掏心掏肺告訴她，莉莉說她覺得自己像個魯蛇，還有她說這句話時表情有多沮喪。他也有點想和妮娜分享心事，告訴她莉莉讓他覺得自己必須挺身而出，像大哥哥似的保護她，或許，那正是他擁有的超級神力！

但他還是決定把話吞進肚裡。雖然妮娜看起來人很好……但兩人其實沒有很熟。況且，假如她要跟肯特走得很近，那亞歷克最好還是和她保持距離。

因爲肯特這個人，能避則避，他的朋友也一樣。

13 打算

開學第一週的星期六，陽光和煦耀眼。亞歷克一心只想走到裝了紗窗的遮陽露臺，倒在那張老沙發上狠狠讀一整天的書。

可惜他的美夢無法實現。校長寫的信星期五寄到家裡了，所以這個晴朗的星期六早上，他們要在廚房餐桌前召開家庭會議。

老媽指了指面前的那封信。「亞歷克，這個問題很嚴重。范絲校長說她和你談過你的上課態度和課堂參與度，以及你應該怎麼改進，還有你不改進的話會有什麼後果。所以我和你爸想聽聽你有什麼打算。」

「打算？」他說。也不過就是兩個字，但這一說出口，亞歷克便驚覺自己語氣錯了。太輕佻了。

「對，」老爸厲聲對他說：「你有什麼打算？又要怎麼付諸行動，才不會毀了全家明

年的暑假？就是這個打算！」

亞歷克不安的蠕動一下身子，但他從星期二起，就開始思考校長的信和這場家庭會議，自己想表達什麼他也有譜了，他也確定自己說起話來會和爸媽一樣憂心，因爲他確實憂心忡忡。

「嗯，我……我是沒有列出一張清單啦，范絲校長本人都說了，我要做的其實很簡單，只要絕對不在課堂看課外書、專心聽講、做家庭作業、大考小考都拿好成績就行。這些我現在就在做了，眞的。」

回答得還不錯。老媽的語氣轉爲柔和。「是嗎？」她問：「你已經在做了嗎？」

亞歷克不是空口說白話。

他拿出三張紙，一張一張推到桌子另一頭。「這張是昨天的社會科隨堂考，我得B^+。這張是第一次數學隨堂考，答對率百分之八十八。還有這張，語文課的拼字和單字隨堂考，一共三十五個字，我全答對了。更何況我每晚都有寫功課，這你們也看到了啊，畢竟我是坐在廚房餐桌上寫的。」

亞歷克不敢在臥室寫功課，因爲身邊太多好書，誘惑太大。

老爸遞給他用訂書針訂起來的一疊紙，亞歷克看見第一張印的粗體字：

課後照顧班《家長與學生手冊》

老爸清清喉嚨，這是他緊張時的習慣性動作。

「前幾天吃晚餐的時候，你不是提到成立一個課後讀書社嗎？聽起來滿不賴的……但那是在我們接到校長來信之前的事。我又翻了一遍手冊，然後我和你媽希望你轉到自習室，不要再搞什麼讀書社了。你也知道，爸媽一直對你看書這件事很操心，尤其是過去這兩年。書本的世界雖然多采多姿，但不能當作你逃避現實的藏身處。你也該花時間交朋友，培養其他興趣，比方說運動。我們也把這件事納入考量，可以嗎？等收到你第一學期的成績單，你或許可以調回讀書社，或回體育館參加其他活動。和往常一樣，假如你功課做完了，晚上回家還是有時間可以看書呀。」

亞歷克得用盡所有的自制力，才有辦法靜靜坐在椅子上。他多想跳起來大吼：**開什麼玩笑？要我上一整天的課，再花三小時和家庭作業警察一起鎖在靜悄悄的房間？我會發瘋的！這就是你們要的嗎？把我徹底逼瘋？**

然後他想到妮娜待在體育館，每天有肯特如影隨形。那莉莉又該怎麼辦呢？誰該來保護她，不讓那些壞蛋笑她加入他的社團、是個不折不扣的魯蛇？自從星期五下午她搬來他那桌，他就見識到摺紙社小孩輕蔑她的目光。

所有的顧慮都在瞬間掠過亞歷克的腦海，但他太了解爸媽了。要是他現在發飆，他們肯定更堅定立場，最後就會鐵了心不退讓。但他要怎麼做……？

這時他靈光乍現。成功機率不高，但他說什麼都得一試。

他先是端詳爸爸的臉，再注視媽媽的臉，說：「你們也知道，在《星際大戰五部曲：帝國大反擊》中，路克必須前往達可巴星接受尤達的訓練，成爲絕地武士，我現在的處境也差不多這樣。范絲校長告訴我該怎麼做，她給我一項任務，我也完全遵照她的指示去做，一切都很順利。我覺得，假如我調去自習室尋求協助，這就是騙人，自欺欺人。這是我自己捅的樓子，我知道該怎麼收拾這個爛攤子。我要一人做事一人當。」他頓了一下。「這樣你們可以理解嗎？」

他的爸媽飛快的互換一個眼色，然後老爸對亞歷克點點頭說：「可以。原來你這麼認眞看待這件事。我眞以你爲榮。」

假如有人要在史賓塞家裡的廚房頒獎，亞歷克馬上可以勇奪三項大獎：壓力下最佳臨場反應獎、戲劇課低分學生之最佳演技獎，以及自從「這些不是你要找的機器人」之後的「最佳絕地武士密技：心智控制」獎。

亞歷克覺得這次他穩操勝算。

接著，老媽說：「亞歷克，我也可以理解……但我還是覺得你該轉到自習室，也許

先試一個月，等你眞正熟悉**學業優先**的慣例再說。」

亞歷克差點又要破口大罵了。他也差點準備再演一齣戲，左右爸媽的情緒。只是，他開口說的全是他的眞心話。

他直視媽媽的雙眼。「我已經把學業擺在第一順位了。把我調到自習室，不會讓我的成績有任何進步，只會害我創的社關門大吉，那是課後照顧班唯一一個可以坐下來好好看書的地方。我知道我可能看太多書了……但很多小孩連一點閱讀的時間……或坐下來思考的時間都沒有。這正是我創社的宗旨。」

亞歷克知道他快要打動爸媽了，但是還差臨門一腳。「那不然，我們做個每週成績單怎麼樣？上面寫：『一到十分的級別，十分是最高分，亞歷克．史賓塞這週的學業表現如何？』每週五我請每位老師簽名，假如有哪門課低於八分，我就轉到自習室。你們覺得呢？」

他的爸媽再次互換眼色。

老媽說：「聽起來還算公平。那我們就來做表格，每週五晚餐後看你的成績單。我們也會和范絲校長保持密切聯繫。」

老爸又補幾句：「但是如果你每科**只是**八分低空掠過，我們就得好好談了，因爲你必須全力以赴。成績單上也該有幾科九分、十分的，對吧？」

亞歷克點點頭。「對。」他對爸媽微微笑，發自眞心的笑，不是得意洋洋的笑。「謝了，」他說：「我是認眞的。」

亞歷克的最後一段話不是在演戲。爸媽八成以爲他要認眞顧好課業了。事實上不只如此。

他差點就要失去自家社團的社長地位。在這之前，他沒有意識到自己有多在乎它。沒錯，這是個他能一頭栽進書海直到天荒地老的園地，他眞的很樂在其中。但他開始賦予自己更大的使命。首先，他覺得多少應該對莉莉負責，再來是妮娜。假如不去社團，他知道自己會很想念每天下午都能見到她。況且，體育館盡頭角落的那張桌子，是他在整個校園唯一能當家作主、做自己的地方。

無論社團以後會何去何從，亞歷克覺得他都該與社團同在。這種感覺有點像是他深受小說吸引，一讀再讀、欲罷不能；因爲唯有這樣，才能知道接下來會發生什麼事。

感覺類似，只是……不盡相同。

14 是魯蛇就承認吧

星期一放學後，亞歷克趕到體育館，火速報到，然後在他的寶座就定位。他一整天都牢記著自己和爸媽的約定，牢記著這個星期五他要請每位老師替他一週的表現評分。

自從被范絲校長約談後，他就可以克制自己在上課期間讀課外書的欲望。但做白日夢可沒那麼好解決了。漫長的星期一，他情不自禁神遊了〈波西傑克森〉裡的天神和他們的超能力，一遍在數學課，一遍在社會課。幸好他在舒華德老師和韓莉老師逮到他做白日夢前，自己先回過神。這眞是千鈞一髮，畢竟他坐在最前排最中央。但話說回來，挺直腰桿坐在最前面被迫專心，確實有項立竿見影的好處：目前爲止，所有的作業和隨堂考都簡單得不像話。

幾分鐘後，莉莉也來社團了。她身上的背包看起來和她的體重差不多。

她微微笑，把包包抬到桌上。「今天本來想當第一個到社團的，沒想到還是被你搶先一步！」

亞歷克回以笑容，說：「這又不是比賽。」他用下巴比向她的背包。「看來某人今晚的功課很重哦。」

「不是啦，」她說：「這些是我帶來看的書！」

她拉開背包的拉鏈，取出一本本書：《喜樂與我》、《傻狗溫迪客》、四本〈遜咖日記〉、《不老泉》、《怪咖少女事件簿：搶救情人大作戰》、《我叫巴德，不叫巴弟》、《細數繁星》、一本〈哈利波特〉……書本疊得愈來愈高，加起來至少有二十本，她最後一本拿出來的是她自己的《夏綠蒂的網》；相比之下，亞歷克的那本要破爛得多。

「眼光很好呢，」他說：「好多本都是我的菜！」原本他想告訴莉莉每次只要帶一兩本書就夠了，可是她正在興頭上，他不想潑她冷水。於是他說：「如果有些書你想寄放社團，我可以跟魏拿老師要個箱子。你要記得每本都寫上名字。」接著他又問：「你今天打算看哪本？」

她拿起《搶救情人大作戰》。「這本，我剛買的！」

「酷哦！」亞歷克說。

莉莉往亞歷克對面靠近桌子中央的位子一坐，然後說：「現在我會閉嘴……我知道

你想靜下來看書。」

她說得沒錯，於是他回她一句：「謝了。」

亞歷克帶來的是雷．布萊伯利這位作家的短篇小說選集。這是本新書，或者對他來說是本沒看過的新書。這是老爸的書，在他國中二年級時看的，是本科幻小說，老爸特別鍾愛的類型。

他從背包取出這本書，掀開老平裝本的泛黃扉頁，映入眼簾的是名為〈整日夏季〉的故事。

亞歷克開始細讀，老爸說得沒錯，布萊伯利的文字引人入勝，令他無法自拔。故事發生在金星上的一所學校。每個小朋友都很興奮，因為這是他們生平第一次見到太陽在天上放光明一整天。有個名叫瑪歌的女孩，她在地球出生，所以還記得什麼是陽光、陽光有多燦爛。其他的小孩聽了開始嫉妒，甚至討厭她。

故事的結尾讓亞歷克覺得好像被人在肚子上揍了一拳。他坐在椅子上，目不轉睛盯著最後一行字。他為瑪歌感到遺憾。

這篇故事不長，他又往回翻重讀一遍。這回他發現自己完全相信有一群小孩住在金星上，也發現作者的文字功力，讓他感受到平凡無奇的太陽對於從沒體驗過陽光的孩子來說，有多麼神奇。

然後亞歷克赫然發覺，他其實身在體育館，坐在自己的社團桌前。莉莉在這兒看書……但是妮娜不在。而現在已經三點二十分了。

也許她得去看牙醫。又或許她得留在班上做數學。或許她決定找人幫忙十一月要交的社會科大報告。又或許她……

亞歷克要自己別再瞎猜了，畢竟妮娜跑去哪裡又不關他的事。

就在這個時候，他看見她了。

他花了幾秒鐘才明白這是怎麼一回事。因爲妮娜人在體育館遙遠的角落，正在踢足壘球。而且是跟肯特一起。

肯特發球，他把球滾向她，同時喊出指令。她往球正中漂亮一踢，可惜被二壘後方的小孩接殺。不過他們只是在練習，所以肯特把球要回來，再發了一顆球給妮娜。她跟萬人迷肯特，也就是從二年級開始就一直取笑他的小孩，玩得不亦樂乎。

他們在足壘球的園地嘻嘻哈哈、有說有笑，很多肢體互動。

那我又在哪裡？

亞歷克自問自答。

我蜷縮在角落，讀淒涼的科幻小說，身兼莉莉的保母。

手寫的社團名牌擺在他面前桌上，順著名牌看去正好就是足壘球場上那副情景：

妮娜又踢出一顆內野高飛球，然後跑壘並和肯特擊掌。亞歷克看在眼底，心想：沒錯，社團眞是名副其實。

他原以爲情況不可能更糟了，沒想到就在這個節骨眼，左方傳來凱絲老師慢跑鞋的嘎吱嘎吱響，接著她就出現在他眼前，擋住他看妮娜的視線。

她對莉莉短暫的笑了笑。

然後對亞歷克說：「魏拿老師說你的社團人數在成長，這眞是好消息！你們決定先讀哪本書呢？」

亞歷克說：「我們不是那樣運作的，我們讀各自想讀的書。」

凱絲老師眉頭一皺。「可是我以爲你們會挑本書一起看，一起討論，這不是成立讀書社的意義嗎？」

亞歷克沒心情討好凱絲老師。「有的讀書社是這樣沒錯，但這個社團只是給喜歡閱讀的小孩一個看書的地方，這也是我在申請表上塡的宗旨。所以成員們只是各看各的書。」

「嗯。」凱絲老師沉默了一秒，接著說：「可是，如果你們只是每天來這裡坐著各看各的書，我實在很難想像你們參觀日要發表什麼。不好意思又提起這件事，不過范絲校

長昨天跟我說時間安排有問題，所以今年課後照顧班的參觀日要和全校合併。這表示到時候大概會有五百位學生和家長出席。我非常希望讓所有人看見我們這個課後照顧班有多棒。你們想好社團報告要做什麼了嗎？」

亞歷克聳聳肩。「我們會想出點子的。」

凱絲老師張開嘴，彷彿還想說些什麼，但她只是盡全力擠出笑容，說：「那麼，祝你們午後愉快。」說完她便轉身，嘎吱嘎吱的離開。

莉莉望著亞歷克，對他說：「我知道還要很久才辦學校參觀日，可是……摺紙社的那些人啊，第一天就開始討論點子了。那我們參觀日要幹嘛呢？」

亞歷克在心裡暗自回她，回話酸的就像死星的爆破：**我宣布，現在，妮娜要表演和肯特一起踢足壘球並且假裝讀書！**

但他還是設法給莉莉一個有氣無力的微笑。「就像我跟凱絲老師說的，我們會想出點子的。但在那之前，我要繼續看我的書。」

15 連打兩個賭

「喂，你有沒有看到我？最後一球我踢超過一公里遠耶！」妮娜喘著氣說。

莉莉沒有任何反應，她完全陷在故事裡，況且她也知道妮娜不是在對她說話。

亞歷克從書本前抬起頭。「啥？」

他其實在裝傻，因爲他什麼都看在眼裡，而且默默祈禱凱絲老師把妮娜抓回來做她該做的事。需要規矩女士出馬的時候，她都上哪兒去了？

妮娜脫掉淡藍色的運動衫，坐在他的斜對面。她的臉紅通通的，有幾根褐色髮絲黏在額頭上。她呼吸還沒平復，又急著說：「你應該看到了吧……我剛剛在踢球。而且我很會踢哦！」

亞歷克微微笑。「這麼棒啊。」接著他不得不問：「可是……凱絲老師怎麼沒叫你回社桌？」

「那還不簡單，」妮娜說：「我問詹森老師可不可以讓我今天學點足壘球，我說不定想要轉去體能遊戲組，這樣就沒問題啦。」

亞歷克直盯著她。**「轉組？」**這兩個字他幾乎說不出聲。「你眞的要轉？」

妮娜也回望他。「開什麼玩笑？肯特昨晚來找李奇打籃球的時候，居然笑我是遜咖。我剛走進體育館，他又跟我賭一個夾心冰淇淋，看我有沒有本事連踢三個好球。」

「哦。」亞歷克回了一聲，勉強自己擠出笑容。

他很慶幸她只是爲了打賭才去踢足壘球。

可是球場上的妮娜看起來一點都不委屈。她看起來跟帥哥肯特、白王馬子肯特、全宇宙足壘球冠軍肯特，玩得可開心了。

妮娜繼續說：「你猜明天中午誰贏了免費夾心冰淇淋？答案是『我』！還有啊，肯特說今晚再來找李奇的時候也會教我打籃球。因爲我籃球**遜斃了**，尤其是上籃。」

亞歷克依舊強顏歡笑，聽到這裡只能再說一句：「這麼棒啊。」

然後他低頭，把視線移回書上。是時候結束這段對話了。

但妮娜沒這個打算。「你在看什麼？」

他舉起書讓她看封面。

她眼睛瞇成兩條線。「雷．布萊伯利？我沒聽過。」

亞歷克說：「他很有名，我爸這麼說的。這是他國二讀的書，是他的愛書之一。」

妮娜注視這本書。「好舊喔，老實說，你很多書都舊舊的，幾乎要成古董了。像你背包裡的《金銀島》啊，那本有**幾百年**了吧。」

「那又怎樣？」他說：「況且一本書的價值跟新舊無關。書只分兩種：好書和爛書。如果是好書，永遠都不會過時。」

「好吧，」妮娜說：「但你必須承認，很多你喜歡的書都不是現代作家寫的。」

「你上回吃麵包是什麼時候的事？」亞歷克問她。

「這跟我什麼時候吃麵包有啥關係？」

「回答我的問題！」

「我今天午餐吃過麵包。」

「麵包是現代的產物嗎？」

「不是……」

「這就對啦，」他說：「麵包這種東西流傳了千百年，要嘛好吃，要嘛難吃，而書也是這樣！」

妮娜懶得跟他爭下去，只是指了指書，說：「那跟我說說這本書在講什麼。」

「裡面有許多短篇故事，是科幻小說。」

她皺起鼻頭。「我對科幻小說沒興趣，什麼火箭啦、外星人的。」

亞歷克打算提醒她《時間的皺摺》其實是科幻小說，而且她一定讀過《穿越時空找到我》；因爲讀了《時間的皺摺》，就非得讀《穿越時空找到我》不可……《記憶傳承人》呢？科幻的元素更多了。

但他不想另開戰局，因爲他有個更好的點子。

「這樣好了，」他說：「你看看這篇故事〈整日夏季〉，假如不好看，算我也欠你一個夾心冰淇淋，但是如果好看的話，換你欠我。只要幾分鐘就能讀完。要不要跟我賭？」

他把書推向桌子那一頭給她。

她聳肩微笑，拿起那本書。「好啊，賭就賭。」

妮娜翻到那則故事，讀了起來。

亞歷克取出他那本破破爛爛的《金銀島》，打開書，立起來，但是沒有讀。他在看妮娜的臉。

才讀到第一頁她就深受吸引。亞歷克看著她，在腦中重播故事情節，猜想她讀到哪一段了。

剛踢完足壘球的妮娜氣喘吁吁，但愈往下讀，呼吸就愈加平穩，最後彷彿只剩她的眼珠在動，循著字裡行間移轉。

從妮娜的臉部表情，亞歷克知道她讀到小朋友對瑪歌很壞的那個部分。

他也能看出她讀到故事的尾聲。她繃著臉，撇著嘴，眉毛往下沉、糾結成一團。

她就這麼坐著，直愣愣的盯著書起碼十秒鐘，後來才發現亞歷克在看她。她轉頭試圖擠出一張笑臉，可是他瞧見她雙眼溼溼的。

「哇，」她低聲讚嘆：「太好看了。一點都不像科幻小說。」

她以手背拭淚，視線又移回書上。亞歷克很確定她在重讀最後幾行字，就跟他一樣。

她又不由自主輕聲讚嘆：「哇。」

妮娜闔上書，咒語才隨之破除。

她把書推回桌子彼端，還給亞歷克。

「這本你讀完之後，幫我問一下你爸能不能借我，好嗎？」

亞歷克說：「這本書他送我了。你想借隨時能借。」

「太好了。」妮娜說，然後她綻放笑顏。「等明天午餐時間，肯特請我吃夾心冰淇淋，我會趁它融化前趕快拿給你！」

亞歷克笑了笑。「好耶！」然後他又補了一句：「不過……我們一人一半怎麼樣？」

妮娜依舊帶著笑容，點點頭。「一言爲定！」

這時莉莉抬頭看他們，臉上浮現一抹不悅的神情。

亞歷克說：「抱歉，我們講完了。」

「沒關係。我只是剛好讀到一個很刺激的地方。」

但當三人陷入沉默，有那麼一個剎那，亞歷克希望這個讀書社如凱絲老師期望的那樣。因爲他想知道妮娜對這個故事還有什麼想法，關於書裡的角色、栩栩如生的背景、霸凌女主角的小孩……跟欺負他的肯特有幾許相似。亞歷克也很好奇，不知道妮娜看完書會不會去思索故事完結後發生了什麼事。因爲他總是會這麼做。

但他們不是那種互相討論的讀書社，所以接下來的一個半小時，魯蛇之間互不打擾，靜默無聲。

只不過每隔一陣子，妮娜就會回頭瞄足壘球場。

而亞歷克偶爾也會偷瞄桌子對面的妮娜……直到發現自己看她的次數有點頻繁，便馬上逼自己專心看書，逼自己陷進科幻小說，好好待著。有的故事很可怕，但放任自己偷看妮娜、想著妮娜，那種感覺更可怕。

在心底深處，他還記得老爸星期六說的，要他別把書當作逃避現實的藏身處；他很清楚，此時自己**正是**這樣。

但他還是依然如此。

16 戰士公主

星期二下午三點十五分，足壘球啪嗒一聲砸中他們的社桌，亞歷克、妮娜和莉莉全都大吃一驚，嚇得跳起來。

那顆球不偏不倚正好把妮娜手中的書砸掉，她還來不及把書撿起，大衛．漢普頓就衝過來撿球，朝遠處角落的本壘板側投……只不過動作還是太遲，沒辦法把跑者觸殺出局，而那正是肯特。

肯特看見亞歷克和妮娜在看他，於是揮揮手，再豎起大拇指。他們也對他揮手。

妮娜一邊撿書，一邊說：「那球踢的強度是**怪獸**等級！」

亞歷克只是點點頭，他聽出她話裡崇拜的語氣。

他繼續看書，還是那本布萊伯利的短篇故事集。他前一天都讀完了，在家裡上床睡覺前讀完最後三篇故事。最後一篇名爲〈雷霆之聲〉，這個令人驚奇的故事，講述的是

一位大型動物獵人做時光旅行回到遠古時代，試圖獵殺霸王龍。

當晚亞歷克有大半夜都夢到恐龍，如今他又重讀最愛的故事片段，從獵捕巨型蜥蜴開始。

十分鐘後，又有一顆足壘球重擊魯蛇社桌上方三公尺的牆壁，把正在閱讀的三名社員又嚇了一跳。球往體育館的地板回彈六公尺，結果又是中外野手大衛撿起回彈的球，扔回球賽。

這顆球又是肯特踢的，他攻上三壘時回望他們那桌，揮了揮手。妮娜對他微微笑，揮手回應。

亞歷克也揮揮手，只是臉上沒多少笑意。

妮娜說：「要很有力氣才能把球踢那麼遠，你說對吧？」

「是啊，」亞歷克說：「我想一定是。」

他跟莉莉一樣馬上將視線轉回書上。但妮娜又多看足壘球幾分鐘，才重新把書翻開。

大約過了十五分鐘，第三顆球落地。這顆同樣擊中他們身後那面牆，卻落到他們桌上，再朝球場高高回彈。它剛好擊中社團名牌，把名牌從桌面撞落，平攤在地。

跟先前一樣，大衛跑過來撿球，再把球扔回球場。

跟先前一樣，踢球的人是肯特。

妮娜和亞歷克抬頭看，肯特跟先前一樣，微笑揮手。

但跟先前**不一樣**的是，這回妮娜既沒微笑，也沒揮手。

她說：「他是故意的！他故意打擾我們！」

亞歷克點點頭。「你說得應該沒錯。」

這句話算是謊言。因爲亞歷克知道她說得一點都沒錯。

幾小時前的午餐時間，肯特拿了一個夾心冰淇淋給妮娜，那是星期一打賭踢足壘球時他欠她的。肯特也帶了另一個夾心冰淇淋，顯然他早有盤算，想讓兩有機會獨處，共享甜點。

但妮娜做了什麼？她謝謝肯特買夾心冰淇淋給她，然後馬上起身走到亞歷克面前，把冰淇淋遞給他，並坐在他的對面。亞歷克撕開包裝紙，將冰淇淋掰成兩半，一半分給妮娜。接著，他們倆坐著有說有笑、津津有味的吃著從肯特那裡得來的、妮娜的夾心冰淇淋。

這些畫面亞歷克全都歷歷在目。

因爲他昨天和妮娜打賭，看她會不會喜歡那篇科幻故事。亞歷克之所以提議打那個賭，是想和肯特一樣要心機。

至於故意挑夾心冰淇淋和妮娜打賭？亞歷克很清楚，他這麼做是存心要和肯特競爭。

不過，從肯特手中得到夾心冰淇淋，又馬上遞給亞歷克，這全是妮娜的主意。

但她提議的那一瞬間，亞歷克非常確定，肯特不會高興。

至於亞歷克提議他們可以把夾心冰淇淋掰成兩半分著吃？這是他存心火上加油，要激怒肯特。

此外，他和妮娜共享夾心冰淇淋的同時，亞歷克偷瞄肯特，想知道他是不是在觀察他們……結果，他果眞盯著他們不放。

當下肯特又是什麼表情呢？

有點像是發火的**霸王龍**。

所以這一連串的足壘球轟炸，並非「應該」是故意的。夾心冰淇淋的風波把肯特氣炸了，而他如今找到發洩怒氣的管道。

這一切亞歷克都了然於心，有點想把事情的來龍去脈向妮娜全盤托出……可是，這或許也意味著要把他跟肯特競爭的事告訴她……這或許也意味著妮娜會問他幹嘛要競爭。

向妮娜解釋一切？才不要呢。

但亞歷克覺得自己該多說些什麼，於是他補了一句：「總之我們最好眼睛睜大點！」

「對。」妮娜面向莉莉說：「我們兩個應該移到亞歷克那邊去坐。」

等她們坐好，妮娜從記事本撕下一張紙，接著問：「可以借支鉛筆嗎？」

「好啊。」亞歷克邊說邊在背包翻找，最後找到一支他用了幾年的綠色短鉛筆。

妮娜瞇眼看著它。「嗯，你只有這支鉛筆嗎？」

亞歷克又繼續找，但啥都還沒找到，莉莉就掏出她的鉛筆盒，拉開拉鍊，遞給妮娜一支全新的、削好的六角形高級鉛筆。

妮娜說：「太好了，謝啦！」

第四顆球擊中桌子，但它先彈過兩三下，所以打到桌子時沒什麼力道。又是大衛跑來撿球，同時，肯特繞著壘包跑，他的隊友唱誦著：「**冠軍、冠軍、冠軍、冠軍！**」

因爲足壘球的順序和局數原則，要滿久才會輪到肯特上本壘，每次足壘球炸彈來襲的間隔足以讓妮娜、亞歷克和莉莉可以把心思放回書上，然後重新受驚嚇一遍。

不過，有兩次踢得更遠的球分別落在摺紙社和西洋棋社附近，亞歷克學會了聽聲辨位，因爲伸腳使勁踢球有一陣特別的呼呼響，加上只要肯特踢出又深又遠的球，眾人就歡呼吶喊。這些都是提前的警告信號。

就在第七聲呼呼響、眾人歡聲雷動中，亞歷克往上一瞄，發現足壘球飛在半空，循著一道美麗的弧線，在體育館正中央的空中翱翔。看來這球將直接命中某人。

「喂——小心！」

莉莉把頭一低，但妮娜可是準備妥當了。

她精準的評估球速、球降落和抵達的時間，並在最後一刻把手舉高，手中握緊借來的那支黃色鉛筆。

足壘球全速降落，活像烤肉串的大紅椒插在妮娜手上。它懸在那兒，空氣嘶嘶嘶的湧出。

莉莉和其他社團的小朋友鼓掌叫好，妮娜則面向亞歷克，給他一個燦爛的勝利笑容。

亞歷克嚇傻了，過兩秒才發覺自己看得下巴都掉了。他合起嘴，但還是很驚奇。妮娜就像戰士公主，拔劍單手屠龍！

大衛跑過來，妮娜微笑著伸出手，他則把軟趴趴的球從鉛筆上拔出來。

「我真的好抱歉。」她故作甜美的說。

大衛笑了。他知道她一點也不抱歉，其他社團的每一個人也都看得出來。

他們目送大衛奔回遠處的角落，看到兩支球隊檢查那顆壞掉的球；所有球員轉頭望向體育館對面的他們，魯蛇俱樂部的成員也全都看在眼裡。

亞歷克發現凱絲老師站在大門口，手臂交叉抱在胸前，兩眼盯著魯蛇俱樂部。他很想微笑對她揮手，可是她臉上的表情告訴他最好別這麼做。

肯特也一直看著他們，然後揮了一下拳頭，再豎起雙手的大拇指。但這些動作都是做給妮娜看的。

妮娜也點頭向他揮手。

體育器材櫃還有很多足壘球，詹森老師過去拿球，比賽因此耽擱一兩分鐘。

冠軍隊繼續發威，接下來的整個下午把敵隊打得屁滾尿流，很多次都把球踢得又高又遠。

但是沒有一顆落在魯蛇俱樂部附近。

17 埋伏

「喂，魯蛇！」

星期三早上，第一堂才剛上課，亞歷克在走廊上，聽得出身後呼喚他的人是肯特。

他開始加快腳步。

肯特再叫一聲，這次把嗓門扯得更大。

「喂，**書蟲**！」

亞歷克既沒放慢腳步，也沒轉頭。那個綽號，他才不要回應呢。

他繼續往前走，也知道肯特和他一樣要去美勞教室。他們每天的第一堂課都被分在同一班——體育課、美勞課或音樂課。總之他就是躲不掉肯特。

「喂，亞歷克——等一下！」

他停下來，轉身，肯特滿臉笑容的追上他。

肯特假裝自己喘不過氣，對他說：「呼！你知道嗎？在矮個子裡，你算走得很快的。」

這句話既是讚美，也是嘲笑。

亞歷克知道自己不是矮個子，他跟其他六年級多數小朋友差不多高，他也知道自己很健康。所以，他接受讚美，可是肯特話裡的嘲弄也讓他不敢掉以輕心。

肯特說：「妮娜拿筆戳球眞有一套，你說是吧？昨天晚上我打電話給她，可是她都沒接。我跑到她家，找她哥打籃球，她又搞失蹤。我只想跟她說，那眞是**超強的**！」

亞歷克笑得牽強。「對啊，那眞是**神來一筆**，她就像個把鉛筆當劍耍的戰士公主！」

肯特笑了。「戰士公主。這個頭銜太讚了！」接著他又說：「昨天我把球踢得所向披靡，是我生平球賽的代表作！對了，希望我沒太打擾你們。」

亞歷克聳聳肩。「不會啦，沒什麼問題。」

這倒是事實。因爲就算肯特的足壘球轟炸是場戰役，但魯蛇俱樂部其實打了一場勝仗。這點亞歷克很清楚，他也知道肯特自己心知肚明，否則他怎麼突然間變得這麼和藹可親？又幹嘛把妮娜捧得這麼高？

他心中的疑惑很快獲得解答。

肯特在美勞教室的門口停下來。「再聽我說兩句話，好嗎？」

兩人面對面站在布告欄旁邊，亞歷克確實感覺自己有點矮。肯特至少比他高五公

分，所以他必須把下巴抬高，才能直視他的眼睛。

肯特頓了一下，正經八百的說：「我想問一下……你跟妮娜是不是**在一起**了？」

這個問題把亞歷克整個嚇呆。

他深吸一口氣。「**在一起**？什麼意思……？我跟她？沒有……沒有！」

肯特臉上再次堆滿笑容。「那就好！因爲我有點想要採取行動，你懂我意思吧？她這個女生挺酷的。」

這時其他小孩紛紛湧進教室。肯特說：「我們還是趕快進教室，免得被鎖在門外。待會兒再聊囉！」

亞歷克跟著肯特走進美勞教室。他感覺自己的大腦還留在走廊上，試圖解讀剛才發生的事。

上課鐘聲響起，波頓老師說話了。

「各位同學，請注意。每個桌上都有一碗漿糊，還有剪好的報紙。請各位以上週畫的素描爲基礎，可以用氣球做造型，也可以把報紙揉成一團用膠帶黏。我希望你們下課之前把面具的形狀做出來。混凝紙漿會搞得很髒、很亂，所以請套上美勞工作服。現在開始動作吧。」

教室裡亂哄哄的，小朋友有的交談，有的走來走去，從教室後面的小壁櫥取出工作

服和素描，再走去他們分配好的美勞桌。

亞歷克拖著腳步在教室裡，從一個地方走到另一個地方，他把用具拾起、把用具放下、把工作服扣好、找到自己的桌子、往小凳子上坐。可是他感覺自己的身體和靈魂卡在另一個時區。

他回憶剛才和肯特聊到妮娜的對話。

「**在一起？**我跟她？沒有……沒有！」

這是事實，這點無庸置疑。

可是那樣直接大聲撇清關係，而且是對著肯特說，感覺很差。

不過，老實說……他還能怎麼回答？

誰？妮娜？跟我？我們之間沒什麼，眞的……至少現在什麼都還沒發生。不過，如果你能消失個兩年，不然搬去法國……或是金星，我會很感激的。

「好了，亞歷克，該動起來了。面具不會憑空變出來的。」

「哦……好。」亞歷克說。

波頓老師繼續檢查其他人的勞作，亞歷克則試著專心，因爲他眞的必須專心。和其他老師一樣，波頓老師星期五要爲他一週以來的表現評分，他至少要拿到八分才能過關，否則就要被送到自習室了。因爲這是他和爸媽的協議。

他之前是參考《金銀島》的插圖畫了面具。那是一個粗獷的海盜，戴了一個眼罩、一只金耳環。他笑得燦爛，咧開的嘴裡少了好幾顆牙。他頭上戴了頂三角帽，帽子上畫了骷髏頭和交叉骨。

亞歷克突然很希望面具已經做好了，這樣他就可以戴在臉上，抓起一把短彎刀，走到肯特面前跟他決鬥。

這個想法把他嚇了一跳。

首先，妮娜不是什麼被人爭取的獎品，無論怎樣，她要做什麼完全看她怎麼想。至於跟肯特決鬥的想法，這無疑會點燃四方戰火，全面引爆災難。

我一定是徹底瘋了，才會這樣想！

亞歷克將一條長長的報紙浸在黏呼呼的漿糊，然後貼在面具上。他深吸一口氣，重復剛才的動作，重復再重復。

等把十張長條報紙在面具上貼好，亞歷克覺得心情好了點。他知道自己沒有徹底發瘋，頂多只是**瘋一半**罷了。

18 不好笑

星期三下午他走到體育館的社桌時，亞歷克已經感覺好多了，對生活、對妮娜、對自己都比較放心，甚至對肯特也比較釋懷了。

有件事他可以確定，那就是：肯特並不認爲他是魯蛇。他是書呆子，但不是魯蛇，完全不是。否則肯特幹嘛非得在美勞課之前找他聊妮娜？

不，肯特沒把他當魯蛇。肯特顯然覺得他比較像是對手，像個潛在的競爭者，所以亞歷克覺得還不錯。

不過這股開心只是曇花一現。

因爲就在這個時候，亞歷克看見妮娜走進體育館，又看見肯特三步併成兩步上前打招呼。他看著肯特陪妮娜從門口一路走過來。

「亞歷克，這本書好看嗎？」莉莉拾起《洞》這部小說。

「很好看。」他說。

莉莉還想繼續找他聊，但亞歷克又轉頭面向妮娜和肯特。

他們在接近體育館中央的地方停下來談話，然後妮娜轉身，繼續朝亞歷克走來，臉上洋溢著燦爛的笑容。

肯特站在原地。他瞧見社桌前的亞歷克，咧嘴一笑，舉起雙手大拇指，再轉身跑走，準備開啓他日常的足壘球大屠殺。

隨著妮娜愈走愈近，亞歷克發現他有個天大的問題，新的問題。

今天早上他告訴肯特他和妮娜之間只是純友誼。這是事實……其他人也是這麼想的。

但肯特剛才對他豎起兩隻大拇指又是什麼意思？

所以他現在是把我當成他的助理還是什麼？協助他對妮娜採取「行動」？

「嗨，亞歷克。」

「嗨。」

妮娜扔下背包，坐在她的老位子。她說：「有沒有多的零食？我忘記買午餐了，現在肚子好餓。」

「有啊，我帶超多吃的。」亞歷克伸手拿背包，往包裡看。老媽開始把比較健康的食物偷塞進他背包了。

「你要起司條，還是葡萄乾燕麥蜂蜜營養棒？我還帶了果汁，夏威夷果汁和葡萄汁。」

「嗯，那你想吃什麼？」她問道。

他微微笑。「我沒差，你先選。」

她說：「那我要營養棒和夏威夷果汁。謝了。」

他把零食從桌上推到她那頭，她馬上拆開包裝紙，咬掉一半燕麥棒，一邊嚼一邊將吸管插進鋁箔包飲料。

她吸了一大口果汁，然後說：「你絕對不敢相信剛剛發生什麼事！我一走進體育館，肯特就跑過來，他劈頭第一句就問我：『你幹嘛整天躲著我？』因爲我的確在躲他。我一句話都不跟他說，而且只要看見他走來，馬上往反方向走。昨天晚上也是，因爲最近他老是跑來找李奇。他還打電話給我，只是我都沒接。」

她又咬了營養棒一口，這次是咬一小口，繼續邊嚼邊講。「所以我說：『這個嘛，因爲我覺得你昨天一直踢球轟炸我們這桌很沒品，後來我把球戳壞也很沒品，所以我不想跟你說話。』因爲我就是不想，你了解吧？」

亞歷克點點頭。「對，我了解。」

妮娜說：「他接著說：『可是我根本沒生氣呀，我覺得你把球戳破的行爲**很酷**，就

像個戰士公主，把鉛筆當作寶劍！』你說**好不好笑？**」

亞歷克氣到很難保持和顏悅色。

「好笑，眞好笑。」

亞歷克是這麼回的，他回得很客氣。

但是他是怎麼想的呢？他在心裡吶喊。

肯特竟敢偷走我的點子，而且我又不是在搞笑！戰士公主是一種頭銜，尊敬與榮譽的頭銜，不是你用來把妹的肉麻情話！

他腦海中聽到遠處角落傳來了大腳踢球的熟悉呼呼聲，接著突如其來的歡聲雷動，原來是肯特正繞著壘包跑。

妮娜轉頭凝視肯特，她的臉上綻露微笑。

亞歷克也盯著他瞧。

至於肯特臉上的表情？不會有人形容那是微笑。

19 非小說情節

某個九月冷颼颼的星期五晚上，亞歷克沿著白臘樹街騎腳踏車。他經過肯特家，騎到下條街的一半，再過四條街，然後轉個彎，幾乎快到妮娜家的車道了。

然後呢？

然後要做什麼，亞歷克還沒想清楚，只覺得自己八成該猛踩煞車，然後調頭，用最快的速度踩著單車踏板回家。

不過，他還是繼續往前騎。

一吃完晚餐，他就萌生這個計畫。這是星期五晚上，而且這個星期五很順利，因爲第一週的成績單，他不是拿九分就是十分，科科高分過關，所以下星期不用蹲家庭作業監獄。可是亞歷克不想和家人在起居室一同看電影，於是他上樓倒在自己床上開始看

書，這樣的動作他已經做過一千次了。

只是，今晚有段對話一直在他腦海揮之不去，那是一段他後悔聽見的對話，可是他聽見了，因爲他是刻意要聽見的。

那是當天稍早發生的事，剛好在課後照顧班開始前。他在體育館門口跟凱絲老師再三確認十月份要舉行的學校參觀日，因爲他開始擔心了。他答應妮娜這件事會一手包辦，這項承諾他說什麼都不願意跳票。

凱絲老師得知他終於肯認眞看待學校參觀日，這才如釋重負。「如我先前所說，校長問能不能在學校開放參觀日的節目快結束時，也就是茶會開始前，讓我們介紹課後照顧班。依我估計，體育館到時候應該會擠進四、五百個學生和家長。范絲校長說爲求慎重，她將準備五百五十人份的茶點。可以想見這場活動有多盛大！」

凱絲老師確定參觀日是在十月二十日，並補充說：「……還有一個多月的時間，所以不趕。基本方針沒變，所以你可以參考資料手冊的第三十頁，我這裡有一本。看完放我桌上就好。」

亞歷克正要說「不用了，謝謝」，但聽見左方走廊上傳來妮娜的聲音，接著是肯特在講話。

於是他翻開凱絲老師的手冊，假裝埋首研讀，但其實拉長了耳朵聽門外的對話。

「哦，我今晚要過去打打球。你會在家嗎？」肯特說起話來和平常一樣油腔滑調，維持他的酷哥形象。

「應該吧，」妮娜說：「李奇說今晚有幾個朋友會來，他希望可以來場比賽。」

肯特的聲音帶著笑意。「打完比賽，我可以陪你練投籃，你說怎麼樣？我猜你明年上國中應該會進女籃校隊。」

「眞的假的？」

亞歷克聽得出妮娜欣喜若狂，肯特自然也知道。

「眞的沒騙你！你很有天分。再努力一點，說不定上高中就能排進先發了。我等不及明年了！升上國中體育才會被大家重視，了解吧？籃球、足球、棒球……我**每項**都想參與，一定會很讚！」

肯特把話題轉到歌頌自己有多了不起，讓亞歷克聽了忍不住呻吟，但妮娜似乎不以爲意。

她說：「那好吧。今晚見囉？」

「好。晚點見。」

亞歷克的竊聽就此告一段落。

然而，星期五接下來的午後，亞歷克和妮娜同桌而坐，腦袋裡想的全是妮娜和肯

特……在月光下打籃球。他知道想像這幅畫面很蠢，但就是沒辦法將它趕出腦海。

所以呢？今晚我只打算坐在家裡讀冒險故事？

這是亞歷克在晚餐後，倒在床上思考，問自己的第一個問題。他沒有就此打住，他繼續對自己提問。

讀了這麼多英雄豪傑立下豐功偉業的故事，他們爲了名聲、榮譽和愛國情操……還有愛情而戰。那……我呢？只枯坐家中，讓肯特吸引所有目光？

最後一個想法讓他打定主意，起床奪門而出。

哼，如果肯特想找妮娜就能隨時騎車去她家，那我也可以！

亞歷克騎著單車，一拐進哈迪大道，就聽見籃球彈跳和男生互相叫喚的聲音。他從三戶人家外就能看到那院子裡的燈光。

等亞歷克抵達那戶的車道旁，他發現籃板架在車庫的屋頂上，這個雙車庫位於主屋前方的斜後側。庭院很寬敞，柏油鋪面上漆了三分線和罰球線。架在屋子側面的一排照明燈照的很明亮。

一共有四個男生在打二對二。跟肯特一隊的那位個子比他略高，但肩膀較窄，體格比較瘦長。等燈光對準了，亞歷克定睛一看就確定他是妮娜的哥哥李奇。妮娜的臉龐化

成灰他都認得，而這個男孩的眼睛和下巴看起來和她很像。

亞歷克一眼就看出另外兩個男生不是運動健將。金髮的那個穿黑色T恤和牛仔褲，腳上那雙鞋根本不適合打籃球。不過，他近距離投籃滿準的，用的是蠻力而非技巧，總是背對籃框後退，然後轉身試圖短程轟炸籃框。

金髮男幾乎把隊友當成空氣。他的隊友個子稍矮，臉很寬，一頭黑髮蓬亂。亞歷克可以聽見他在喘氣，他不斷喊著：「我這裡沒人守，傳給我，傳給我！」他的帽T拉上拉鍊，全身汗如雨下，漲紅的臉上滿是汗漬。

肯特看樣子是裡面最年輕的，但打起球來卻沒有屈居劣勢。他只要一拿到球就幹勁十足，動作和控球技巧都堪稱一流。他有辦法一路殺到籃下，把球放進籃框，也能從邊線完美傳球給李奇。亞歷克雖稱不上籃球迷，但是也各有一本介紹雷霸龍．詹姆士和史蒂芬．柯瑞的書。他懂的球賽比打過的多得多。

亞歷克在車道盡頭的人行道跨坐在單車上，但天色暗了，他又在庭院燈光照不到的地方，所以場上球員沒發現他。他看了幾分鐘比賽，後來金髮男攔截一顆傳球，結果球往街上滾。肯特趕去追球，差點就要撞上亞歷克的單車。

「哇，抱歉……沒看到你！」

然後肯特眨了眨眼，才看清楚對方是誰。

他臉上升起燦爛的笑容。他撿起球，隨著抓住亞歷克單車的龍頭，往前拖了大約三公尺來到車道有光照的區域。亞歷克別無選擇，只好踉踉蹌蹌的跟著單車走。

「各位，你們瞧！他是我的老友書呆子亞歷克。看樣子他的媽咪終於答應讓他今晚出來玩了，因爲通常到了這個時候，他都躲在被窩裡看床邊故事。亞歷克，你說對吧？」

他尖酸刻薄的嘲諷令亞歷克驚訝。過去幾天來，肯特在表面上幾乎是友善的。他馬上察覺肯特這麼做是爲了向這群大朋友們炫耀。明白了這一點，並沒有讓他消氣。

他跨下單車，肯特把單車往車道上用力一摔。

亞歷克緊握雙拳，胃部繃緊，呼吸急促。他脫掉安全帽扔在地上，嘴裡湧起一陣苦銅味。單車的後輪慢慢的轉呀轉，亞歷克繞過車輪，直視肯特的雙眸。到目前爲止，他從沒打過架，沒打過眞正的架。

亞歷克再往前踏出一步，肯特這才收起笑臉，飛快後退一步。肯特跟別人打過架，他看得出箭在弦上。

亞歷克感覺到有一圈詭異的光籠罩他們倆，肯特的臉像是萬聖節的面具亮起，身後拖著長長的黑影，而他……

「喂，亞歷克！嗨！怎麼沒說一聲就跑來啦？你剛到嗎？」

亞歷克猛一回頭，看見妮娜。她滿臉笑容，啪嗒一聲關上車門，快步走到他身邊。

亞歷克看到前座有兩個人，是她的爸媽。

亞歷克轉頭瞄肯特一眼，車前大燈熄了，他周圍的詭異黑影也消逝無蹤。

李奇走上前自我介紹：「嗨，亞歷克。妮娜跟我說你們兩個組了個社團，很高興認識你。」

「謝謝，」亞歷克說：「我也很高興認識你。」李奇笑容親切，亞歷克一見面就對他很有好感。

妮娜說：「那要不要進來坐坐？還是你是來打籃球的？」

「對嘛，」肯特附和說：「要不要單挑籃球，還是來場**書呆子**大賽？第二個好了，因為字比較長，你不會輸得太快。」

亞歷克彎腰撿安全帽，戴好之後再扶起單車。

他完全忽視肯特，只跟妮娜講話。「謝了，不過我只是剛好路過，停下來打聲招呼。我該回家了，不然天要全黑了。那我們星期一見囉。」

「好吧，」她說：「星期一見。」

亞歷克覺得她似乎有點失望，不過還是離開了。

回家路上慢慢騎。亞歷克幾乎沒在看路，也沒意識到自己踩踏板、按煞車和轉彎這些動作。

直到拐進自家車道，把單車牽去車庫，他才有所領悟。先前他在臥室對自己說的那些話呢？要挺身而出，爲名聲、榮譽、與愛情而戰？那些全是小說情節。這種感覺就像他在腦中編寫劇本，並親身經歷冒險小說的其中一章，由他獨挑大梁作英雄，然後騎著單車，讓劇本正式上演！

他沒跟爸媽報備自己要出門，現在只好悄悄溜進家門，躡手躡腳的回樓上房間。他關上臥室房門，撲通倒回床上，回顧虛幻混亂的一切。

他躺著舉起雙手，凝視。他握起拳頭，想起肯特把他的單車摔到地上時，內心有什麼感覺。他記得單車後輪是怎麼慢慢轉呀轉的發出微弱滴答聲。而他下單車與肯特正眼相對，當時兩隻腳的感覺仍記憶猶新。

三段片刻歷歷如繪，細節栩栩如生。

他到妮娜家的這段旅程，一開始的確像小說一樣，幾乎像是夢，但後來他確實採取行動，也因此擁有這些環環相扣的片刻，只屬於他個人的片刻。這些片刻可不是虛構的。

那個星期五晚上，亞歷克至少有半小時沒看書，也沒想到書。對他而言，半小時很長了。

他靜靜躺在床上，思考他的生活，思考生活的一切。

20 重塑形象

同個星期五晚上的九點鐘，亞歷克對自己坦承：他希望妮娜多在意他一點，少關心肯特一點。不過，事實是，如果妮娜選擇當肯特的同路人，亞歷克其實也無能爲力。

於是，他又走回老路，只要一有問題上門，這就是他的不二法門：投入療癒書的懷抱。過了許久，等亞歷克終於入睡，他夢見《海角一樂園》的橋段，自己和主角一家人遇上船難，漂流到荒島。

星期六早上七點左右他就醒了，對他而言太早了。他試著睡回籠覺，但昨晚的心事又再次湧現。況且路克也醒了；他聽見電腦遊戲的爆炸聲陣陣穿牆。

之後他聞到咖啡香，索性穿上T恤和牛仔褲下樓。他在屋後的日光露臺找到正在用iPad看新聞的爸爸。

他對亞歷克綻放笑容。「這麼早起。」

「對啊，睡不著了。」

「到了半夜你房間燈還亮著，你趴在書上，口水流得到處都是。」

亞歷克微微笑。「多謝你沒讓我房間鬧水災，也謝謝你幫我關燈。」

老爸望著他。「昨晚醒不來，今早睡不著……你是怎麼啦？你的學業表現很棒呀，星期五的成績單令人刮目相看。」

「謝了，」亞歷克說：「沒錯，學校都很順利。問題是課後讀書社。」

老爸闔上 iPad 的蓋子，什麼都沒說，只是靜靜等候。

亞歷克說：「我想問你……你小時候有沒有被人欺負過？」

「你是要問其他小孩有沒有揮拳揍我、把我硬塞進置物櫃、頭上腳下把我抓進男廁，再把我的頭塞進馬桶沖水嗎？」

亞歷克瞪大眼。「你被人這樣惡整過？」

老爸微微笑。「沒啦，這種事從沒發生過。雖然我一直都是電腦宅男，但我塊頭挺大的，沒人敢對我動手。不過，幾乎每個人都叫我怪咖。這樣取笑別人也算是一種霸凌吧。」他啜飲一口咖啡，接著說：「你課後被人霸凌了？」

亞歷克搖搖頭。「沒有……比較像你剛說的，被取笑。只不過他們叫我書呆子。」

老爸皺起眉頭。「讓我猜猜看：是肯特．布萊爾，對吧？」

「對，又是肯特。不過，我**的確**是書呆子，這個……沒法否認。」

「這個嘛，」老爸說：「我是個名副其實的怪咖，以前是，現在是，以後也是。你要學著不去在乎別人怎麼叫你。」

亞歷克說：「是沒錯啦，只不過宅男和怪咖現在很夯，最後可能會成爲億萬富翁。我不曉得書呆子最後會有什麼發展，總之不會變成億萬富翁就對了。」

老爸說：「相信我，大多數怪咖都不會變成億萬富翁，況且重點並不是錢，而是做你擅長的事，做你有熱忱的事。你還是喜歡書吧？喜歡閱讀？」

「當然。」

「那就別讓愚蠢的標籤困擾你，繼續做你有熱忱的事……但是課堂上不行。」

亞歷克點點頭。「也對。」隨後他沉默片刻。「問題在於……這個嘛，女生不怎麼喜歡書呆子。她們多半喜歡體育男。」

「哦，」老爸悠悠緩緩的說：「女生啊。這個嘛……可能聽起來幫助不大，但是女生其實精明得很。她們跟一般人一樣，以爲自己喜歡某樣東西，但過一陣子再仔細想想，又發覺自己其實沒那麼喜歡了。每個人都會發現標籤其實並不重要，像是『書呆子』或『體育男』，因爲這些也算是標籤。到頭來，人們會了解，最重要的不是你做什麼，而是你是怎樣的人——內在才眞正要緊。」老爸扮了張鬼臉。「好噁！這番話好像晨間脫口秀

的節目內容！我要多喝點咖啡醒腦，又或者應該少喝點咖啡才對。」

亞歷克綻開一絲笑容，然後搖搖頭。「我懂你的意思。可是女生就是對書呆子沒興趣，就這麼簡單。」

「那麼，」老公說：「不然你就別當書呆子，改當別的囉。」

「最好是啦，」亞歷克說：「有那麼簡單就好。」

「況且，」老爸補充說明：「你也算是體育男啊。就我認識的十二歲男孩中，沒一個滑水比你行！」

這點老爸說得倒挺有道理。

亞歷克在要升三年級的那個暑假第一次學滑水，當年他才快滿八歲。他的爺爺奶奶在新罕布夏州某個湖邊有間小木屋，他們的鄰居有個和亞歷克同年的兒子，名叫保羅。他們家有艘馬達強勁的滑水艇。只要沒下雨，保羅家每天下午都會滑水，而亞歷克總跟著一起去。

大家也因此發現亞歷克天生就是滑水好手，他有絕佳的平衡感，體格強健，身手敏捷，最重要的是，他不怕摔。保羅的哥哥連恩擅長迴旋滑水；自從亞歷克接觸滑水後，迴旋滑水就成爲他的目標。他希望有朝一日能像連恩那樣站在單板上，隨著汽艇尾波乘風破浪，隨著每個急轉彎綻開一大朵、一大朵的羽狀浪花。

在連恩的細心教導下，第二年的暑假尾聲，亞歷克就有辦法在單板上起身站立。在今年要升六年級的暑假，他開始覺得自己能完全駕馭單板，甚至可以在來回滑行時把汽艇尾波當成滑坡讓自己衝上半空幾公尺高。汽艇上總是有三、四個人，但他們待在拖行纜繩的遠端，所以亞歷克感覺自己像是獨自徜徉湖面。摔還是會摔，但次數不太頻繁，那種疾速、逍遙、自己作主的感覺，無與倫比。

滑水也使他身強體壯。十分鐘的迴旋滑水等同於一個半小時的激烈運動。讀一早上的書、划一下午的水、再讀一晚上的書，這樣在新罕布夏州過三星期，是亞歷克心目中最理想的暑假。

問題是，迴旋滑水很行，跟擅長棒球、籃球或足球不一樣，甚至連足壘球都比不上。滑水這項運動他多半獨自進行，這跟看書有點類似。無論他有多拿手，都不算數，至少在學校不算。

女生也不會刮目相看。

老爸看得出來亞歷克不太買單，他覺得沒辦法不當書呆子，或稱自己為體育男。

「好吧，」他說：「跟你說件眞人眞事。大約十年前，我在一家做電腦硬碟的公司上班。產品雖然有點笨重，但品質值得信賴，公司賣出了成千上萬組。之後我們拿到一批有瑕疵的零件，直到這些零件組出五萬顆硬碟，運送到世界各地，我們才發現出紕漏

了。硬碟故障的事件頻傳，用的人遺失檔案，我們公司的聲譽也毀於一旦。雖然我們應變速度很快，做出跟之前一樣品質優良的硬碟，可是沒有人敢再買我們家的產品，我們的品牌徹底砸鍋。」

「然後呢？」亞歷克問他。

「這個嘛，公司差點倒閉……但幸好在短短半年內就東山再起。首先，品管重新把關，確保零件不再出包。然後更改包裝設計，製定優惠方案，吸引顧客再次上門……還有，我們連公司的名字、品牌的名字都換了，我們重塑形象。商標也換了。」

亞歷克一臉疑惑。「可是，你不是叫我別再當書呆子了？」

「沒錯，但我的意思是：繼續做自己，繼續做你想做的事，不過要把形象改一下。不論你是誰或你做些什麼，給它換個名字吧。」

「好吧，」亞歷克拉長尾音說：「可是……要換什麼？」

老爸聳聳肩。「我不知道。不過，書呆子只是一個稱呼，對吧？書呆子、體育男、飯桶、智多星……這些標籤全都只是稱呼。書呆子這個字眼在你腦中喚起某個畫面，而這個畫面是負面的，那就換個稱呼，能喚起不同畫面的稱呼，更貼近你真實面貌的稱呼。」

亞歷克問：「你公司原本叫什麼？」

「東方資料。」

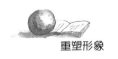

「那後來呢？」

老爸掀起 iPad 的蓋子，輕點一下螢幕，轉給亞歷克看。「喏，」他說：「新名字搭配新商標。」

亞歷克高聲唸出來。「『數位堡壘』，聽起來比『東方資料』厲害多了。至於商標，這個圖看起來好像《金銀島》裡的堡壘呢！」他沉思片刻，然後問：「所以，電腦硬碟根本沒變？」

「沒變，」老爸說：「硬碟本身一模一樣。不過形象重塑挺棘手的。要把時機抓準，在對的時機推出新的品牌名稱和吸睛的商標，絕對可以加分。總之給你參考一下囉。至於女孩的心思嘛，如同我剛才說的，女生是很精明的，如果你一直當個好人，最後無論如何都會受到女生的青睞。」

這番話聽在亞歷克耳裡很積極正面，而且多數都說得通……只不過，他心情並沒有因此撥雲見日。他吃過早餐後就回到他的《海角一樂園》，回到那座遙遠孤島中的樹屋生活。

21 歡迎來到澳洲

接下來的整個週末，亞歷克都躲在療癒書的世界。讀完《海角一樂園》，離開主角住的荒島，他接著讀《野性的呼喚》，在天寒地凍的育空地區求生。這兩本書占滿了他的星期六。星期天他大多時間陷在求生模式，閱讀〈飢餓遊戲〉。等到星期天的就寢時間，亞歷克已將《手斧男孩》讀到第四章，和主人翁一塊兒在荒野湖畔紮營，孑然一身，迷失在曠野中。

他鍾愛的故事書發揮了神奇的力量，整整兩天將自己的擔憂、疑惑、策劃、盤算都遮蔽住了。

可是亞歷克被迫離開他的書香天堂，因爲星期一早晨要去上學，他又得和眞人打交道了。他是怎麼想那些人，那些人又是怎麼想他。

肯特呢？他出現在第一堂美勞課，擺出硬漢樣對別人冷嘲熱諷，讓人無法忽視。

至於妮娜，亞歷克在第三堂語文課看到她，她微笑揮手。只是他腦袋裡想的全是肯特大概星期六又跑去妮娜家，他們肯定在一起……在月光下打籃球。還有，肯特大概一逮著機會，就勸妮娜不要跟那個宅男**書呆子**待在同個社團……問她要不要乾脆轉到體能遊戲組，成爲超級運動明星……因爲他們兩人聯手，將可以稱霸世界！

我眞是個白痴！到底要什麼時候才會搞懂？除了自己的蠢事，其他人我管不著！肯特是肯特，妮娜是妮娜，我是我，就這麼簡單！不要多管人家的閒事！

這齣自我責備的內心戲沒想到還挺管用的，因爲稍晚肯特在午餐時間停在妮娜那桌和她打招呼，他發現自己心情沒什麼起伏。之後，亞歷克到體育館，看見肯特又專門爲妮娜指導足壘球，他只是聳了個肩，走回自己的社桌，腦海沒有浮現什麼幻想的場景、故事或情節。儘管如此，他還是忍不住想到肯特，不過很實際，沒有虛構情節。

那傢伙是個愛現的惡霸，他一定以爲自己是全能運動王。但如果像妮娜這麼聰明的人對他仍略有好感，而他那麼親切又耐心的幫她精進體育；那麼，或許肯特也不是個無可救藥的大爛人，雖然聽過老爸對於標籤的見解，但這是亞歷克能想到用來形容肯特最慈悲的字眼了。

懷抱著這些半開心、半慷慨、半友善的想法，亞歷克坐在社桌前。

他試圖將思緒從肯特身上轉移，對莉莉微微一笑，然後翻開《手斧男孩》。才讀沒幾

頁，學校漫長的一天如過往雲煙，接著連社桌也不見了，最後整座體育館，以及所有的是是非非全都消失。

五分鐘後，有什麼東西撞到桌子。亞歷克抬起頭，期待見到妮娜。沒想到是別人，一個他不認識的男孩。

小鬼頭說：「這裡是不是魯蛇俱樂部？我是說，牌子上是這麼寫的。」

亞歷克點點頭。「是。」

「哦，那我要加入。」

亞歷克闔上書。「你怎麼會想加入？」

「呃，其實我也不想啊……」

亞歷克瞪大眼睛看著他。「那你來這裡幹嘛？」

「肯特叫我來的。他**逼**我加入。」

「**什麼？**」

「上星期五，他挑了我跟他同隊，可是比賽中我漏接兩顆高飛球，所以肯特要我退出，在魯蛇俱樂部待兩週，之後他或許會願意再選我當隊友。等我回去之後。」

亞歷克氣到說不出話。肯特把這個小鬼送來他的社團當作**懲罰**，就跟英國人從前把罪犯送到澳洲一樣！

幾分鐘前那些冷靜、略爲寬大的想法全都瓦解了，肯特馬上重回亞歷克最討厭的排行榜寶座。

男孩坐立不安，接著說：「對了……肯特還跟我說了別的。他要我在魯蛇俱樂部這段期間，盯住他的**女朋友**。」

小鬼頭很難爲情的吐出這三個字，尤其還有莉莉在旁邊聽。他的臉頰轉紅。

亞歷克火冒三丈的瞪著這個男生，毫不掩飾怒氣的說：「這裡不許交談也不准胡鬧。不可以玩遊戲、聽音樂，這些事**通通不行**。還有，肯特無權逼你到你不想待的地方。這張桌子只用來看書，所以你最好回去跟他說……」

「哦，看書的事我知道，」男孩插嘴說：「肯特跟我說了。這是我闖禍的原因之一。沒輪到我上場時，我總是坐下來看書，老是被肯特抓包。於是他開始叫我書呆子魯蛇。後來我漏接幾顆球，現在……就淪落到這裡囉！」男孩試著擠出笑容。「我叫傑森。」

亞歷克並沒有回以微笑。

這小孩準備往妮娜的位子坐，亞歷克見狀大聲對他說：「這裡有人坐！」然後又在心裡默想：**除非她不打算從足壘球抱抱營回來了！**

傑森連忙繞到桌子另一頭，跟亞歷克坐在同一側，但是盡可能離他遠一點。

亞歷克瞇起眼，打量這個不速之客。「那麼，你今年五年級？」

傑森搖搖頭。「四年級。」

以四年級的學生來說，他塊頭挺大的。

亞歷克繃著一張臉，用他最沙啞的嗓音說：「好了，就像我剛說的，這裡除了看書，其他什麼也不能做，這是我們社團的第一條社規。」

傑森點點頭說：「好……知道了。」他一把抓住背包，取出一本書，然後坐得直挺挺的，扳起嚴肅的臉孔，把書立在面前。

亞歷克想看他的書名，又試著回憶剛才自己讀到哪兒了。他差點就要脫口而出：「那你有沒有看過《傻狗溫迪客》？」但他最後忍住了。社團規定：有人想加入，就不得拒絕，但這不表示他要對這位成員友善。

於是他再度翻開《手斧男孩》。

情節仍舊精采刺激，布萊恩依然機智英勇，他還是鍥而不捨，面對一個接著一個的難關。

只是現實生活不斷拉扯亞歷克，讓他無法全心投入故事。

他抬頭瞄一眼，發現莉莉在看他。她的表情有點迷惘，但主要是擔憂。

亞歷克氣到沒心情顧慮莉莉在想什麼，他繼續看書，或說是繼續試著看書，因爲這個新來的小鬼有夠煩的！每當他轉移身體重心、翻頁、搔下巴或伸手拿鉛筆，都會打擾

到亞歷克。

後來，小鬼開始吃洋芋片；塑膠袋每凹折一下、他每嚼一下吱嘎作響，對亞歷克而言都宛如小型地震。他暗自呻吟，正準備吼傑森的時候，妮娜出現了。

她看了男孩一眼，再將目光轉向亞歷克。「他是哪位？」

亞歷克連頭也懶得抬，視線停在書上說：「又來一位魯蛇。他是四年級的，肯特把他送來跟我作伴。」

妮娜歪著頭，凝視亞歷克好一會兒。她差點要回嘴，但決定轉向新成員自我介紹。

「你好，我叫妮娜。」

男孩先是偷瞄亞歷克，又望向妮娜。

他輕聲答話：「我叫傑森。」

她看看他讀的書，臉上漾起笑容。「我愛死這本書了，超爆笑的，對不對？」

亞歷克起了好奇心，瞄了書名一眼。小鬼頭讀的書叫作《四年級的無聊事》。

傑森點點頭。他仍舊壓低音量說：「超好看的，不過我看的書通常動作比較多，尤其是跟我的生活差異很大的那種故事，你懂我意思吧？你有沒有讀過《尋水之心》？」

「有！他橫越沙漠那段嗎？真的很震撼！」

「對啊，」傑森說：「還有那些鱷魚！換作是我的話，不知道有沒有辦法……」

「**喂！**」亞歷克厲聲斥責。「我在看書欸！」最令他惱怒的是，妮娜和傑森討論的這本書他沒讀過。

「哦，對不起！」傑森再次埋首書中。

亞歷克也接著閱讀……只不過，他從眼角餘光看到妮娜轉身面向他，而且感覺她在瞪他。

亞歷克繼續專心看書，同時繃緊神經，準備迎接爆炸。看樣子妮娜有話要說。可是她一個字也沒講。

她拿書出來看，這一刻，亞歷克不知自己究竟是鬆了口氣，還是感到失望。

他有點想闔起書本，把妮娜拉到旁邊聊聊。

但亞歷克只是一章接著一章讀，看故事裡的小男孩迷失荒野、努力求生，這恰巧和他此時此刻的感受一模一樣。

22 深水區

「亞歷克，找你的。」

亞歷克沒聽見。他在課後照顧班之後坐車回家途中讀完《手斧男孩》。吃完晚餐、做了數學功課，他又開始讀《自由戰士》。所以，現在他在舊時的波士頓與英軍奮戰。而且是又戰一遍。

他弟弟又喊他一聲，這次嗓門更大了。

「亞歷克！接電話，室內電話！」

「哦，抱歉！」

亞歷克手忙腳亂的衝進走廊，在樓梯頂端旁邊桌上拾起電話，然後拿回房間。

「喂？」

「所以你很**自豪**是吧？」

是妮娜，而且是一副攻擊態勢，嗓音嚴厲而且直接。

「自豪？什麼意……」

她不讓他把話講完。「今天在社桌前，」她有如連珠炮，「你害那個孩子心情很糟，到底爲什麼要這樣？」

「嗯，這個，我……」

妮娜再次打斷他的話。「你知道嗎？你回家後我跟他聊過，他人**很好**。假如你沒那麼混蛋，應該也會發現他是好人。可是你**不是**，『這是**我的**社桌，所有人都必須保持安靜、認真看書，你只是個四年級的笨蛋，所以給我閉嘴閃一邊去！』你當時**就是**這種態度，這實在很……**很過分！**」

她沉默片刻，亞歷克說：「那……」

「**那怎樣？**」她大吼著：「是不是準備編各式各樣的藉口了？是不是想要邊哭邊埋怨今天過得有多慘？」

亞歷克聽到這裡，忍無可忍。

他咆哮著：「才不是，是你一直大吼大叫，叫到最後才會聽出來自己的口氣有多過分又愚蠢，或許到那時候你才發現自己根本不知所云，就這樣！」

妮娜馬上回擊。「那你說肯特派傑森過來跟你作伴，這麼尖酸刻薄的話又是怎麼回

事？又想**討拍**了是嗎？」

亞歷克手心沒有溼冷出汗，也不覺得害羞。當下他甚至沒感覺自己在跟女生說話，他只從話筒聽到憤怒的聲音。

於是他說：「如果你肯閉嘴半秒鐘，我就跟你說是怎麼回事！」

「好啊，有話快說！」然後她又諷刺的補了一句：「我洗耳恭聽。」

亞歷克說：「肯特把傑森從他的足壘球隊踢走，因爲上星期五他表現得很遜。他要傑森待在我們魯蛇俱樂部兩星期，作爲對他的懲罰！**而且**，肯特說他要傑森留在這裡，才能幫他盯著**女朋友**。」亞歷克大口吸氣，繼續往下說：「還有，上星期肯特誇你是戰士公主，對吧？我星期三早上才跟他說這是你在我心目中的形象，誰知道他當天下午就抄襲我說的話，跑去對你獻殷勤，假裝這是他的原創點子！」

兩人陷入沉默，只聽見電話線路的嗡嗡響。

亞歷克冷靜了一點，接著說：「沒錯。我今天的確過得很慘。不過你說得對，我不該對傑森那麼惡劣。我會……我會向他道歉。」

妮娜說：「我道歉了……代你向他道歉。我跟他說，其實你人很好，既聰明又幽默，背後一定有什麼原因才會變成這樣……結果眞的有原因。」她停了許久才又接著說：「對不起，我不該吼你的。」

亞歷克這下手心冒汗了。「嗯，沒關係啦。」

過了一會兒，妮娜說：「你知道嗎？傑森還跟我說了另一件事。」

「什麼事？」

「他說就算肯特求他回去，替他那一隊踢球，他也不會答應了。他說他喜歡看書勝過一切，即使有個暴躁鬼對他大吼大叫。」

他們兩個笑了幾聲，妮娜又說：「我可沒開玩笑。傑森留下來，他就會知道跟你同夥，要比老是被肯特使喚好多了。這種事每個人都看得出來……就連我也不例外。」

亞歷克深吸一口氣。「等等，你說什麼？」

這時妮娜的嗓音帶著一抹笑意。「你沒聽錯，」她說：「你要知道，我沒那麼笨。我看得出來。」

「你看得出來？」亞歷克問。

「那還用說？」

亞歷克做了個怪表情，還好妮娜看不見。

「等等，」他又說：「我們到底在說什麼？」

「這不是很清楚嗎？」妮娜說：「我們在說的是，你有多討厭我跟肯特一起玩，還有肯特有多嫉妒你跟我做朋友，嫉妒到非得派人到我們社桌探聽我們說些什麼。」

亞歷克哼了哼。「**肯特**？嫉妒我？不可能啦。」

妮娜冷靜的回話。「我只是跟你說我的觀察，信不信由你。」

亞歷克無法好好思考。「那你的意思是，你還想待在我們社團……看書？」

「也不盡然，」妮娜說：「我的意思是，我還是喜歡待在那兒，看書，跟你一起。」

「噢。」

亞歷克得好好消化這些資訊。他漸漸理解了一點，後來又不得不繼續追問。「那你爲什麼常和肯特一起玩？」

妮娜說：「這個嘛，一方面因爲我喜歡運動，況且我最後兩堂上的是數學和科學，所以想要跑一跑再坐下來看書。不過，另一方面……老實說，自從肯特開始注意我，我就多了和其他人交朋友的機會，特別是女生，三兩下就認識了。我喜歡這樣。你要知道，其他女生啊，她們早就把肯特摸透了，但這不表示她們不喜歡跟他打情罵俏，因爲她們的確**樂在其中**，你懂吧？」

亞歷克說：「哦，這樣啊。」好像他不知怎麼的開竅了，居然聽懂妮娜在說什麼。

其實亞歷克是不懂裝懂。女人心，海底針，他根本摸不透。他突然感覺自己在一座大泳池的深水區游泳，而且以前根本不知道有這座泳池存在，一切超過他所能理解的。反觀妮娜卻悠然自得的在他四周划水。

「嗯，」她繼續說：「好了，就像我之前說的，我很抱歉，不該吼你的。但我也很高興可以跟你把話講開。那我們明天見囉？」

「好啊……就這樣，」亞歷克說：「明天見，掰。」

「掰。」她說。

亞歷克按下結束通話鍵。

然後，他一動也不動的坐著，盯著電話，接近一分鐘之久。

他的思緒在奔馳，但並非雜亂無章。他在腦中詳查圖書館，翻閱他讀過的書，瀏覽他記得的情節和角色。他試圖回憶某個故事，或許其中有什麼情節跟他將要經歷的事雷同……或者在哪個場景，女孩說的話，把男孩搞得一頭霧水，又或者只要跟他有一點類似，哪個角色都行。

他的思緒嘎然而止。

現在這個狀況？是不是有點像《波西傑克森：神火之賊》裡的波西和安娜貝斯……還有這系列裡接下來的那幾本？

想到這裡，亞歷克不禁甩甩頭、微微笑。雖然他知道自己懂得不多，可是他非常清楚：完美結局只會在書裡發生，不會在現實生活出現。至少不是他的生活……又或者只是時候未到。

但他也把這個念頭拋在腦後。此時此刻，只要了解到一定程度，不讓自己明天到學校出洋相就好。星期二的考驗很嚴峻。

他需要搬救兵。

一分鐘後，救兵駕到……一如小說情節那段轉折。

23 一分鐘後

「路克，我是認眞的！這不關你的事，走開！」

路克還是從他身旁擠過去。他往亞歷克的床尾一坐，並且交疊雙臂，非常冷靜、非常固執。

「在我掛上電話之前，聽見那個女生在吼你，也聽到一點點她說的話。我是你弟，我想要幫忙。」

「**出去！**」

「不要。」

路克不動如山的坐著，大大的藍眼睛直盯著肯特。

亞歷克呻吟了一聲，然後關上臥室房門。

「聽我說，」他說：「這件事很複雜，好嗎？你想幫忙我心領了，但是你不懂啊。」

路克望著他，將尤達的聲音模仿得維妙維肖：「擔心，你在。」

「好了……**出去！**」

「抱歉、抱歉，」路克趕緊說：「我保證，我不會再亂來了。」他深吸一口氣，接著說：「那個女的爲什麼生你的氣？」

「因爲有個小鬼跑來我們的讀書社，我對他很兇。」

路克說：「你是說，魯蛇俱樂部？」

「對……等等……你怎麼知道？」

路克目不轉睛的盯著他。「全校有誰不知道魯蛇俱樂部？這個名字超好記的。幾乎每天都會有兩、三個原始人跑來跟我打招呼說：『嗨，小魯蛇！』這意思就是說你是『大魯蛇』。」

「哦……天哪，」亞歷克說：「對不起，害你被人取笑。」

路克聳聳肩。「那些穴居人說的話，你要試著左耳進、右耳出。」路克轉回話題：

「好，你對那個小鬼很兇，然後呢？」

「呃，」亞歷克說：「這個女生，她就……」

路克打岔說：「是你暗戀的那個女生嗎？妮娜？」

「**什麼！？**」亞歷克緊盯著弟弟，只見他的長相每分每秒愈來愈像尤達。

亞歷克瞬間陷入恐慌。如果連他三年級的怪咖弟弟都知道他暗戀妮娜……肯特也有點察覺……妮娜本人好像也看出來了……那是不是表示**大家都知道了**？

亞歷克慢慢吐出：「那，你覺得，老媽知道妮娜的事嗎？」

路克點點頭。「我跟她談過。她滿關心你的，不過她說這種事很正常。」

亞歷克踉踉蹌蹌走過去，坐在路克身旁的床上。他屈身向前，手肘撐著膝蓋，用雙手摀住臉。「這下慘了！」

路克歪著腦袋。「是因爲你有暗戀的對象，還是因爲大家都知道你暗戀誰？」

「都是。」他呻吟著說，雙手把他的話蒙得含糊不清。

「其實，」路克說：「這樣已經算是好的了。」

亞歷克側著頭，譏諷的說：「哦，太棒了。那麻煩尤達幫我開示一下，情況怎麼可能還會更糟？」

路克瞬間入戲。「這簡單非常，少年大師。更糟，假如她不在乎你。然而，打電話給你了，這代表她在乎。」

亞歷克忍不住咧嘴笑，原因有三。

第一點：路克貓頭鷹般的碧眼和尤達像到令人發毛。

第二點：他的表演無懈可擊，模仿得維妙維肖。

但最重要的是：他的怪咖弟弟說得很對。假如妮娜不是眞的在乎，就不會打來對他大吼大叫。

路克突然起身。「既然你好多了，那我還有其他事要忙。」

亞歷克臉上依舊掛著笑容。「謝了。」

路克模仿尤達點頭，並慢動作的眨了一下眼。「客氣了你。」

24 史必茲與巴克

星期二早上，亞歷克走進第一堂音樂課的教室，沒想到肯特居然一把抓住他的手臂，把他拽到樂器櫃旁。

肯特說：「你幹嘛跟妮娜說戰士公主的稱號是我從你那兒聽來的？」

亞歷克想起弟弟提過原始人，這聽起來簡直就是石器時代的問題。於是亞歷克回答他：「因爲你本來就是抄我的。別說我沒告訴你。取用別人的想法當作自己的，在二十一世紀這種行爲我們稱作**剽竊**。」

路克忘了提醒亞歷克，原始人沒什麼幽默感。而且，他們的後代有時個子更高、肌肉更大。

路克說的話突然浮現亞歷克的腦海。他這才發覺，直視原始人的眼睛並稱他爲小偷，跟對他說的話左耳進右耳出，根本是兩碼子事。

肯特噘起上唇，露出牙齒，湊到他面前，距離近到亞歷克很確定能聞到早餐燕麥片的味道。

肯特仍緊抓亞歷克的手臂不放，咆哮著：「從現在起，我不准你想起妮娜、跟妮娜講話或偷看妮娜，就算她在那張愚蠢的社桌前坐在你的正對面，你也不准看。魯蛇，聽懂了嗎？」

肯特這副噘起上唇、露出牙齒的畫面，馬上讓亞歷克聯想到《野性的呼喚》裡的史必茲。史必茲是隻狼與哈士奇混血的雪橇犬。在故事裡，史必茲和另一隻大狗巴克打鬥，鮮血濺滿雪地。

但這裡又不是一八九〇年代的育空地區，而是星期二早上的音樂教室。

亞歷克把肯特的手甩開，他沒有大聲回嗆對方，只是冷靜的說：「你不是我的老闆，也不是妮娜的老闆！」

肯特定睛一瞪，怒目相視可能轉為拳腳相向，就在這千鈞一髮的瞬間，鄧布里奇老師拍拍手，要全班安靜。

「好了，大家各就各位！女高音和女低音站左邊，男高音和男中音到右邊散開。動作快、動作快！」

亞歷克雖然沒心情唱歌，還是乖乖來到合唱臺階上他分配到的位子。他是男高音而

肯特是男中音，幸好兩人之間有這段距離，眞算是救兵。

五十五分鐘的歡樂歌曲，也是救兵。

音樂課結束時，亞歷克對自己甩開肯特的手、挺身而出對抗霸凌感到滿意。

只不過，亞歷克離開音樂教室、準備去上數學課時，回頭瞄一眼身後的走廊。

他看見肯特站在音樂教室外，直直盯著他。至於肯特臉上的表情呢？

依舊像是史必茲，那隻半狼半狗。

25 一幕又一幕

星期二下午，亞歷克走到社桌，發現除了莉莉之外，新成員傑森也已經來了。妮娜正在體育館的另一頭和肯特說話。不過，自從昨晚和她在電話上講開，看到他們倆交談，亞歷克已經完全不感到困擾。

傑森看書看得入迷，眼睛像是黏在書上。他害怕的表情讓亞歷克感到羞愧，而且覺得自己蠢到極點。因爲這個孩子昨天落魄的跑來這裡也不是他的錯啊，他只是個武器，是肯特扔到體育館這頭的憤怒手榴彈。亞歷克這才發現自己完全落入對方的圈套，是他拾起這顆手榴彈，自己引爆。

「嘿……傑森？」他試著用友善的語氣說。

那孩子的表情好像以爲亞歷克要衝上前把他胳臂扯斷。

「聽我說，」亞歷克說：「昨天我表現得很過分。誰派你過來的、又爲什麼派你來，

這些全都無所謂，總之我很高興有你加入。」

傑森謹慎的露出微笑，並用氣音小小聲說：「那就好……我也很高興。」

亞歷克回以笑容。「還有，你不必這麼小聲啦。」

男孩似乎還是顯得拘束，於是亞歷克問他昨天就想問的問題：「你之前說你是四年級，那你有沒有讀過《傻狗溫迪客》？」

傑森笑逐顏開。「讀過，我**超愛**那本書的！」

「那你有沒有看過〈大頭尼〉系列漫畫？」

傑森點點頭。「有，我這一系列幾乎全看完了，**超爆笑的！**」

接下來幾分鐘，他們聊起各自喜歡讀的書、百讀不厭的書、還有逼不得已非得看完的書。亞歷克也不忘向他借那本《尋水之心》。

原來他們在閱讀方面有很多共通點，尤其都愛看動作及冒險類的故事。傑森跟他一樣是《野性的呼喚》的書迷，除此之外，他聊到一本名爲《血紅太陽下》的小說，亞歷克雖沒聽過，但如今已等不及要一睹爲快了。

傑森說：「你昨天看的那本《手斧男孩》，我其實常在校園看到，可是一直沒機會讀。那本好不好看？」

「**好不好看？**」亞歷克反問他。「精采程度**破表**好嗎？說眞的，你非讀不可！其實

呢……拿去。」

他從背包掏出那本書，推到桌子另一端。「現在就該開始看。」

傑森大吃一驚。「真的假的？你是說**現在**？」

「真的，」亞歷克說完之後綻露笑容，「這是你的入會儀式。你讀完之後，如果有一丁點不喜歡，那我欠你一個夾心冰淇淋！」

「太棒了！」傑森微笑著翻開書。

這段期間，莉莉一直小心翼翼不敢多管閒事，但如今她望向社桌另一頭，對傑森說：「看吧？早說過他人很好了！」

莉莉開心的望了亞歷克一眼，接著繼續看書。

亞歷克又瞥向足壘球的角落，妮娜還在那裡，還跟肯特一起，可是氣氛不再友好。他倆幾乎是怒目相視，情勢看似緊繃。然後，妮娜轉身背對肯特，直接穿過體育館，走向魯蛇俱樂部。

亞歷克趕忙別過目光，伸手拿起司條。他不想讓妮娜覺得他在監視她。

她坐下來雙手手掌壓著桌面，眼睛直視面前的那面牆。亞歷克看得出來她氣到呼吸急促。

她花了好幾分鐘才冷靜下來，然後卸下背包，取出鋁箔包果汁，只花五秒左右就喝

個精光。

她看看傑森，然後對亞歷克拋出詢問的表情。

亞歷克輕聲說：「我道歉了。他正在讀《手斧男孩》，這是他第一次讀哦。」

他解釋的同時，心頭閃過一種感覺，跟先前莉莉加入社團一樣感到自豪。他挺身而出，表現得像傑森的大哥哥，雖然是晚了一天。

妮娜低聲說：「那我會安靜！」

她開始讀書，不過亞歷克看得出來她氣還沒消。他從筆記本撕掉一張紙，寫下：「**想聊的話，我們可以到飲水機附近，或是另外找個地方聊？**」

他很害怕，差點要把紙條撕爛……可是又想知道發生了什麼事。

他把紙條折了兩遍，扔到桌子另一頭碰到妮娜的手臂。她有點嚇一跳，往他這頭看，然後打開紙條。她對他點了個頭，兩人起身走向儲物櫃。

他們走過其他社桌，拐過儲物櫃旁轉角，一直走向飲水機。途中妮娜一句話也沒說。

問她想不想聊或許是個好主意，問題是亞歷克手心開始冒汗了。

他覺得自己非說點話不可，於是他先開口了：「聽我說，我……我無意要干涉任何事……如果你不想……」

「沒關係，」她說：「聊聊也好……而且很快就能說完。我進體育館的途中跟肯特

說，我不想每天都跟他玩，因爲他現在會期待我停下來找他聊天，而且他還是經常來我家打籃球。我講完之後，他惱羞成怒說：『好啊，你猜怎麼著……反正我跟你也玩完了，我要和你、和你那群白痴書呆子朋友一刀兩斷！』後來他說，他很慶幸不用再睜眼說瞎話說我體育很強，因爲我其實**很弱**，還說他不知道自己一開始怎麼會看走眼，竟然覺得我很酷。」

亞歷克咬緊牙關，兩眼直盯著地板。

她說：「我知道爲這種事煩心很不值得……但我還是吞不下去。尤其是他講到體育強不強的事。這……大概證明了我是個白痴，對吧？」

她略帶苦笑的吐露最後一句話，後來又補一句：「拜託，千萬別說『對』。」

「這一切證明了，**他**才是個白痴！」亞歷克強烈的語氣令兩人大吃一驚。

妮娜說：「好啦，總之就是這樣。和你聊完，我好多了。謝啦。」

「不謝……沒問題的。」亞歷克說。沿著長長那座牆通往飲水機，他們才走了一半。

他指了指，問：「你眞的口渴嗎？」

「不渴。」

他們回到社桌，重新坐下。

亞歷克想要拿起書閱讀，一頭栽進一個有起頭、有轉折，並在幾百頁的未來許你一

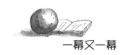

個小小美好結局的世界。

問題是，現在感到情緒不穩、怒火攻心的是他。他感覺自己想去找肯特……不只是爲他自己，也是爲了妮娜，和其他日復一日遭受霸凌和指使的孩子們。

這種感覺很強烈，而且驅使你付諸行動。

26 決鬥

那個星期二的午後稍晚，魯蛇俱樂部看起來氣氛相當和諧。妮娜在讀《做夢的棕色女孩》，傑森正和《手斧男孩》的小男孩主人翁一同深入加拿大森林，莉莉一邊讀著《洞》，一邊來來回回的晃著腿，而亞歷克在面前社桌上攤開一本沾了起司條汙漬的《自由戰士》。

只不過，亞歷克讀不下去，因爲在他腦裡正展開一場激烈的摔角賽。

他一方面想衝到體育館另一頭，將肯特擒抱，再壓進木頭地板內，要他付出代價，誰要他對大家，尤其是妮娜，這麼壞。但他知道這麼做不對，也知道肯特不完全是個壞蛋，也不是一直都這麼混蛋。儘管如此，他還是莫名其妙變成這種討厭鬼，只把成敗輸贏看成全天下最重要的事。而肯特想要他爲此嘗點苦頭。

但願有方法復仇就好了……

亞歷克在腦中搜尋千百本他讀過的書，回憶他最仰慕的英雄如何解決艱鉅的難題，贏得最偉大的戰役。千古不變的是，「勇氣」至關重要，還有「努力」。但是只為復仇而出擊的那些角色呢，通常都會鎩羽而歸。「智慧」永遠不可或缺。要有能力運籌帷幄，或想辦法出奇制勝……

亞歷克猛然挺直腰桿，這個舉動嚇到莉莉和傑森。他繼續盯著書，而他們倆也回去讀各自的書。

過了一分鐘，亞歷克輕輕把書闔上，起身走去跟魏拿老師說話。接著他走到體育館另一頭找詹森老師，對他說：「我想玩一下足壘球。」

詹森老師說：「太好了，請你加入在那邊練投籃的球隊。他們等等會跟正在比賽的優勝隊伍對決。」

「好，謝了。」就這樣，亞歷克這個下午正式加入體能遊戲組。

足壘球第三隊的小孩全是四、五年級生，看樣子沒一個有運動細胞。亞歷克從牆邊箱子拾起一顆籃球，但他既沒運球，也沒投籃，只是一個勁的看著足壘球場上的比賽。

肯特的隊友在外野，這意味著肯特是投手。亞歷克以前就看過他投球，他總是又快又狠的朝打擊者擲球，每次都精準投向本壘板上方。這回他一邊投球，還不忘向隊友發號施令。「注意這顆高飛球……提高警覺、提高警覺！」

本壘板上的踢球者是個五年級的男孩，他踢中球了。一顆直接朝投手而來的札實滾地球。肯特撿起球，擲出一道流暢的弧線，那小孩還來不及跑到一壘的半途，球就掃過他的左手臂，將他封殺。

肯特吶喊：「他**出局**了！很好、非常好！再一人出局，我們就贏了！」

亞歷克不得不再次承認，肯特在體育方面眞的**超強**。

有顆亂彈的籃球沿著地板滾到他這頭。亞歷克伸腳攔球，一個女孩跑過來撿。

「謝了，」她說，接著她愣了一下。「嗨，亞歷克！」

他過了幾秒才認出這個女孩，她是大衛・漢普頓的妹妹。

「茱莉亞……嗨！原來你喜歡踢足壘球啊，太棒了。」

「對呀，」她說：「可是我踢得不好。」

「這樣啊，」他慢慢的說：「你可以挑個社團參加呀，不過這你應該老早就知道了。」

她望向遠處的幾張社桌。「是沒錯啦……只不過那些社團我沒認識半個人。在這裡起碼我可以跟我朋友莎拉一起玩。我們被同一隊選中。」

亞歷克故作輕鬆的說：「如果你跟莎拉喜歡看書，隨時歡迎加入我成立的社團。」

「你有讀書社啊？」她問道。

「不算是我個人的，」他說：「但我有幫忙推動。在後面角落那張社桌。社名很搞

笑，叫『魯蛇俱樂部』。」

「對耶，我聽說了。那……如果我跟莎拉決定加入，可不可以讀同一本書，然後一起討論？」

亞歷克說：「當然可以。」

「但社員需要交讀書心得或考小考之類的嗎？」

「不用，我們不搞這個。純粹讀好玩的。」

茱莉亞一臉困惑。「那麼，你既然加入讀書社了，幹嘛又跑來**這裡**？」

亞歷克心想：**問得好！**或許直接朝肯特鼻子揍一拳比較省事。站在打著強光的籃球場上，亞歷克這才發現他的計畫有濃濃的小說味。

不過，他沒對茱莉亞完全坦白。「今天我想踢點足壘球。踢完之後就會回去看書了。」

這確實是他的計畫。

他說：「看樣子我們這隊幾乎準備好要上場了吧？」

茱莉亞翻了個白眼。「你是說準備好被打爆吧。肯特那隊是常勝軍，他們從沒輸過。」

肯特又在吼人了。「加油、加油！壘包護好，要小心，這個小鬼很能踢！」

一個高個子的五年級女生站在本壘板上。肯特說得對，她踢中球，球一路飛到三壘外，但詹森老師高聲喊說：「界外球！」

肯特喊道：「好了，各位，集中精神！注意高飛球，我要投球了！」

女孩這回整條腿用力一擺，球飛得又高又遠，直接飛向二壘。大衛．漢普頓守在那兒，他拚了命的跑，就定位後乾淨利落的接住那顆球。

「大夥兒，幹得好，贏得漂亮！」肯特大吼說：「我隊待在原地，因爲下一隊先攻。」

整場秀由肯特一人獨挑大梁，最佳打擊者、明星投手、當家內野手、隊長、球隊經理、啦啦隊長全由他一手包辦。他忙著兼顧不同角色，直到第一名打擊者站上本壘，他才注意到亞歷克。

由於隊上沒人比亞歷克更高更壯，所以大家決定派他當第四棒的中心打擊者。前三棒有辦法上壘的話，隊伍就有可能得分。

肯特一從投手線上瞧見亞歷克，便驚訝的豎起眉毛。他快步走向牆邊的那群孩子，在亞歷克面前止步，揚起下巴。「**你**到這來幹嘛？」

「玩足壘球囉。」

「哈哈哈！眞好笑！書呆子魯蛇想玩足壘球！跟我說說看，你那隊會贏球嗎？」

「不曉得，」亞歷克說：「但我一定會跑壘得分。我只知道這麼多。」

肯特當他的面恥笑他。「憑**你**？跑壘得分？跟**我**鬥就不可能！」

亞歷克聳聳肩。「那……想不想跟我打個賭？」他差點要脫口而出：**賭個夾心冰淇淋**

怎麼樣？但奚落對方不在他的計畫內。

肯特自信爆表、咧嘴一笑。「你要賭什麼？我奉陪到底！」認領亞歷克的那隊小孩發出噓聲要大家安靜，並全體聚攏。他們才剛明白這會是場非比尋常的比賽。

打賭的事，亞歷克老早就盤算好了，卻裝出臨時起意的模樣。「那……這樣好了，假如我能跑壘得分，你就得加入魯蛇俱樂部一星期……還要安靜坐著讀我指定的書。反過來……要是我沒辦法得分呢，就得留在體能遊戲組一星期，你可以每天靠足壘球慘電我，或說是想辦法慘電我。怎麼樣？」

肯特點點頭。「很好，那……我們一言爲定！」

亞歷克伸出手，肯特緊握他的手，然後用力捏。

不過亞歷克早就料到他會出這一招，所以馬上一樣用力捏回去。那些手握纜繩練滑水的時光不是白費的！如果有辦法緊抓一艘兩百匹馬力的汽艇，讓它以每小時將近五十公里的速度拖著他遊湖，那握手大賽對這個小孩來說已不成問題。

肯特感覺到亞歷克的手勁，眼底閃現一絲訝異的目光。亞歷克一度更加使勁，他還沒出全力呢。但重點不在捏碎彼此的手骨，所以亞歷克稍微放鬆一下。肯特把手抽離，跑回投手丘。

他環顧四周，扯開嗓門：「好了，各位冠軍，教教魯蛇怎麼踢足壘球吧！」

亞歷克隊上的第一名打擊者是名叫艾迪的小四生。他雖然塊頭不大，但看起來精瘦敏捷。他從容不迫的踏上本壘板，一副勝券在握的模樣。後來，事實證明他的確有兩把刷子。因為他擺出要把球踢到右外野的架勢，卻在最後一刻扭肩，往左外野踢出一記高球，直接飛過女游擊手的頭頂。眨眼間就有一名跑者奔向一壘。

這時亞歷克呢？他做了自己這輩子作夢也想像不到的事。他跳起來唱誦：「**魯蛇！魯蛇！魯蛇！**」其他隊友笑著附和：「**魯蛇！魯蛇！魯蛇！**」

第二名打擊者的表現就沒那麼理想了。他也是男生，念五年級，一心只想趕快下場了事。肯特投的球，他只擦到邊，小飛球在空中劃出一道疲軟的弧線，正中守在二壘的女孩臂彎，冠軍們輕鬆解決一名對手。

艾迪返回一壘，留在原地。

投手丘上的肯特開始呼起招牌口號：「嘿嘿嘿，冠軍隊，一級棒，幹得好！我們一起……」

但亞歷克也不甘示弱，他重振旗鼓，活像從紅襪隊芬威球場闖出來的狂熱粉絲不停拍手。「加油，魯蛇，加油！」拍拍拍。「加油，魯蛇，加油！」拍拍拍。其他隊友紛紛響應，蓋過肯特的嗓音。

第三名打擊者是個五年級女生。肯特大聲喊著：「當心這個傢伙，注意靠近本壘的右外野球。」

肯特的預測正確，這女孩第一球就出腳，踢出疲弱的內野飛球，直接進了右外野手的掌中。

亞歷克走上本壘板，這時他意識到：體能遊戲組的每位球員有什麼強項弱點，想必肯特早就摸透了，怪不得他那隊會連勝不止。

他接著往下想：**不過……我們這支隊伍有一名球員，他的背景肯特一無所知，而那個人正是我！**

不過，問題在於：踢足壘球，亞歷克也不知道自己有多大能耐。

雖然他和學校裡的其他孩子一樣，無論在體育課或假期間在校外，都踢過足壘球很多次，但他大概上了三年級後，就沒參加過眞正的球賽。

話雖如此，他仍深信自己動作協調，也知道練過迴旋滑水、在湖面乘風破浪的雙腿很強壯。沒錯，肯特以爲他對付的是個書呆子，只把翻書和伸手拿起司條當運動的宅男。然而，上週六早上父子對話裡老爸所說的，比較像是事實：你無法用一個標籤去定義別人，亞歷克其實也算是體育男……只不過地球上知道的人寥寥可數，而肯特並不是其中之一。

所以，其實我是個隱藏版的體育男！

有了這些思緒在腦海中打轉，亞歷克踏上打擊者的位置，注視肯特……再望向肯特遙遠的身後。體育館盡頭的學生好像把社桌當作球場的露天看台，全都坐得直挺挺，面向足壘球比賽。消息傳開了，他在遠處的角落看見傑森、莉莉和妮娜揮舞著手臂。

亞歷克大口吸氣。他儼然成爲小小場地裡眾所矚目的焦點。

肯特神情得意，露出踐踐的微笑。這位冠軍隊的隊長環顧球場，放聲吼道：「這個遜咖，三兩下就能解決了！加油加油加油！」

他投出第一顆球。亞歷克裝糊塗，他笨拙的往三壘線踢出一顆界外球。但跟球稍有接觸，他便有了球感，對肯特投球的速度和力道也有所掌握。他的球速很快。

肯特冷嘲熱諷的說：「哦，好可怕哦……求求你，拜託你不要踢出致命的一擊把我們踢傷！」

直到此刻亞歷克才發覺自己的心臟在怦怦跳。坐在板凳上的隊友替他加油叫好，而一壘上的艾迪像隻想接飛盤的小狗在壘包周圍跳動。亞歷克目光變得銳利，聚焦的範圍愈縮愈小，最後眼裡只有那顆被單手握著、二十公分的紅球。

足壘球向後移動——往後退、再退、繼續退，接著向前移動，滑過體育館的地板。不過球滾得很慢，宛如一枚在外太空的無重力火箭，慢到他能讀出球上的黑字，能看到

空氣進入的小孔。

他的腳一和球接觸，一切又變回全速。足壘球像支著火的箭往外飛，詹森老師吼道：「界內球！」

亞歷克經過一壘時，艾迪正繞過三壘、奔向本壘。亞歷克衝過二壘時，看見大衛和左外野手跑到中文社的社桌下要把球挖出來——原來他把球踢到後牆了！大衛臂力很強，但亞歷克沒理由待在三壘不走。他甚至也不必擔心；因爲直到他抵達本壘，球才傳回內野。

這回艾迪帶頭唱誦：「**魯蛇！魯蛇！魯蛇！魯蛇！**」大夥兒歡聲雷動，直到詹森老師喊停，派下一位踢者上本壘板。

接下來的比賽中，亞歷克又上場五次，而且表現不俗，兩次一壘安打、一次二壘安打、一次出局，踢出左外野的高飛球。

比賽照慣例進行五局，冠軍隊最終獲勝。肯特踢出四個全壘打，將六名跑者送回本壘。但所有人都知道球賽最關鍵的一球，是在第一局踢出的，建功者是書呆子亞歷克・史賓塞。

比賽結束，亞歷克走向投手丘和肯特握手，但這回可不是什麼捏碎手骨的比賽。

亞歷克向對手恭賀致意，語氣絲毫不帶諷刺或惡意：「你們表現得真的很棒，如果

有少年版的職業足壘球聯賽，你一定每季都會當上最有價值球員！」

肯特不曉得該如何回應，而亞歷克突然替他感到難過。好像無論什麼事，只要輸了，他就會心理難受，只差連身體也難受起來了。

但肯特還挺得住。他接受了讚美，甚至回誇亞歷克一下。「是啊，嗯，如果你繼續練球，或許也會成為一位優秀的球員。」

接下來，亞歷克脫稿演出。「對了，那個打賭呢，其實不太公平。我有整場比賽可以跑壘得分；再說，這可能是其他人失誤造成的，未必是你投得不好。你懂我意思吧？所以說，那個打賭就算了吧。而且我玩得很盡興，我已經好久沒玩足壘球了。」

肯特搖搖頭說：「願賭服輸，而且……我輸了，那就明天見了。在那邊。」他用下巴指向體育館盡頭的角落。

肯特和他的隊友繼續比下場比賽，但亞歷克不打算續攤。跑壘得分，又算是在肯特的場子打敗他，他原以為自己會很開心，就像天行者路克炸毀死星，或羅賓漢打敗諾丁漢警長。但事實並非如此。因為他不是什麼英雄，肯特也不是壞蛋，不是作奸犯科的反派。

他走向體育館的盡頭，社團組響起如雷的掌聲，害他羞紅了臉，更難為情了。

那魯蛇俱樂部呢？歡呼聲更是不絕於耳。

莉莉眉開眼笑的對他說：「**你眞厲害！**」

傑森說：「你在場上**超殺的！**」他倆仰慕的望著他，彷彿他剛奪得奧運金牌。

妮娜沒有對他又吹又捧，只是微笑著說：「看樣子你玩得很開心。」就算對他踢出全壘打佩服有加，她也沒表現出來。亞歷克覺得這樣很好。他不想再得到更多注目了。

他馬上打開背包找書。大夥兒心照不宣，各自回去讀書。

但亞歷克其實是一個片段、一個片段的在腦海中重播剛才發生的事。回溯的過程中，他愈來愈感覺整齣表演像是廉價的噱頭，設圈套讓肯特答應來魯蛇俱樂部讀一星期的書，這好像是個不入流的惡作劇吧……只不過，**這玩笑開到自己身上了**，因爲妮娜才剛把肯特趕出她的人生不到一小時，他竟然做了什麼？他馬上把肯特拉回來，一天三小時，連續五天共坐同張社桌！雖然亞歷克認爲，安靜坐下來看書對肯特有好處，但他還是對自己坦承：他本來是打算復仇的，如今他偉大的計畫有如回力鏢，害他自食惡果。

我眞是白痴！這是亞歷克想得到用來形容自己最好的用詞了。

接著他出於本能，做了每逢心情沮喪就會做的事：投入書海。這回他看的是《夏綠蒂的網》。

他翻到兩星期前讀到的地方，當時他在黑暗車庫內坐在廂型車後座，那已經感覺像另一個世紀發生的片刻了。那時候的他，不願讓任何人發現他在讀一本蜘蛛會說話、還

有隻豬名叫韋伯的故事書……不過，現在呢？他不在乎了。他需要一個簡單眞摯的故事，他將所有雜念放兩旁，靜下心來讀書。

二十幾分鐘後，芬兒、韋伯、田普頓和夏綠蒂，遮蔽了亞歷克所有的問題、煩惱和恐懼。要不是有人打擾，他八成會一直讀到六點鐘；但五點四十五分左右，有人輕拍他的肩膀。

「嗨，亞歷克。」

亞歷克抬起頭、眨眨眼，回到現實生活。找他的是魏拿老師。

「哦……嗨。」

魏拿老師說：「她們是你社團的新成員。莎拉．傑佛里、茱莉亞．漢普頓和愛倫．蓋布利歐。」

茱莉亞微笑著說：「嗨，亞歷克。那我們該坐哪兒？」

27 不再打賭

這是星期三的午餐時間，亞歷克赫然發現，自己沉浸在三名女性成員加入的歡樂，居然忘了跟其他團員提起他和肯特在足壘球場上打的賭。於是，他找了妮娜，把來龍去脈跟她說。

她盯著他。「你沒開玩笑吧？」

亞歷克搖搖頭。「沒……他真的要來。我們打了個賭，看我能不能在足壘球賽跑壘得分。我辦到的話，他就得來我們社團待上五天，從今天下午開始。」

「真不敢相信，我不是跟你說再也不想見到他，你居然馬上衝去跟他打賭！」妮娜沉思片刻，接著問：「可是……他要來做什麼？」

「跟我們一樣啊——看書。這是講好的賭注。書由我選。」

「哦。」接著她露出邪惡的微笑，說：「你應該逼他看莉莉讀的《冰雪公主》！」

亞歷克雖然樂見她的笑容，卻馬上補一句：「真的應該挑一本他會喜歡的書啦。」
妮娜皺著一張臉，左思右想。「跟……運動有關的故事？」
亞歷克搖搖頭。「要找他自己不太可能選的書。」
妮娜臉色一沉。「萬一他只是坐在桌前，書本攤開卻一個字也不讀，還是那麼固執又惹人厭，那怎麼辦？整整五天坐在那裡嘲笑大家，這太像他的作風了！」
亞歷克聳聳肩。「這種事不是沒有可能，但我認爲機率很低。」
然後他跟妮娜聊起打賭贏了之後，他提議取消賭注，但被肯特回絕的事。
「哇！」她說。
「我也很意外。但他的表現實在很……」亞歷克頓了一下，想要尋找貼切的語詞，後來找到了。「他的表現很高尚。」
妮娜嗤之以鼻。「**高尚**？肯特？除非親眼見到，否則我不信！」
亞歷克故作認眞的說：「那……你要不要跟我打賭？」
「**不要**！」妮娜說：「我不賭了！」

28 混蛋也無法抗拒

星期三放學的鐘聲一響，亞歷克旋即奔向體育館，這樣才能率先抵達社桌。他環顧四周，思考哪裡可以容納八個小孩，其中有六個是他從未想過會來的！

但他沒有太多想像的時間。不到一分鐘，肯特出現了，繃著一張臉，一副記恨心頭的樣子。

「那……我坐哪裡都可以嗎？」

「呃，妮娜通常坐在最邊邊那裡，我通常坐這裡，傑森的話……」

肯特打岔。「好好好，查查你腦袋裡的神奇座位表，直接跟我說坐哪兒就好。」

「那裡。」亞歷克邊說邊指向他對面、離社桌邊幾十公分遠的位子。這樣一來，肯特往對面看，不會一眼就望向妮娜……也不會和傑森比鄰而坐。亞歷克突然很感激今天有這些四年級女生分散在社桌各處……隔離幾條正極和負極導線，避免火花或爆炸。

肯特砰一聲坐下，體重撼動了整張桌子，他顯然很滿意這項成就。他說：「所以，你要塞書給我看，還是要我像個白痴在這裡呆坐？」

亞歷克很慶幸妮娜還沒來，因為目前的互動狀況完全和她預測的一樣。肯特還是老樣子，不是昨天那位堅持願賭服輸的高尚戰士。

但自從和妮娜聊完，亞歷克就一直忙得不可開交。

吃完午餐，他趕緊趁著上社會課前的空檔跑到學校圖書館，上氣不接下氣的抵達服務台。「哈登老師，你好。我認識一個人，他有點混蛋，覺得讀書是件很蠢的事，所以我想找一本能吸引他的書，即使他想抗拒也**做不到**。」

圖書館員微微笑。「做我們這一行的，不叫那種人『混蛋』，我們稱呼這種人為『不情願的讀者』。這裡有成千上萬的書應付這種小孩。他是幾年級？」

她聽完亞歷克的回答，敲了幾下鍵盤，凝視著螢幕，然後把螢幕轉讓他看。「這份書單超棒，絕對命中，不容錯過。我知道其中很多你都讀過了，那就隨便挑一本吧。我保證這些書連混蛋也無法抗拒！」

她說得沒錯。書單上的前二十本他都讀過了，其中一本格外吸睛。這麼一個理所當然的選擇，即使沒人指點，他也會挑中它。

他指向螢幕說：「這本……圖書館有書可以今天借嗎？現在就要。」

哈登老師確實還有一本館藏可借出，而亞歷克正是把**那一本**從桌面推到肯特那頭。

他看了一眼封面插圖。「哦，帥呆了！在講斧頭殺人狂的故事啊！**非常**感謝！」

亞歷克差點笑場，但仍扳著面孔、目光凝重。「聽好了，是你自己說要信守承諾的，我們也講好了你要安靜的坐著，看我指定的書。所以，你要嘛就起身走人，要嘛就閉嘴看書！」

肯特原本打算回嘴，但隨即臉色一垮，打開書準備閱讀。

其他六人出現了，亞歷克打手勢要每個人保持安靜。

他把手指擱在唇前，並對茱莉亞．漢普頓搖搖頭，但是她馬上就繞過社桌，跑到他耳邊低語：「你不是說我們可以討論故事內容嗎？」

亞歷克輕聲回她：「沒錯，可是你們也得先讀書吧？今天只准看書。」

茱莉亞接受他的說法，回去小聲的和莎拉與愛倫解釋，之後她們三個都乖乖靜下來看書了。她們每人手握一本亞歷克沒看過的全新平裝本，主題和貓貓狗狗有關。

大約過了十五分鐘，亞歷克抬頭瞄一眼，發現妮娜正在看他。她偷偷指了指肯特，只見他坐在那頭，徹底實踐他的諾言。妮娜絲毫沒有掩飾她的驚訝。

然後她對亞歷克淺淺一笑，用唇語說：「**書選得好！**」

亞歷克回以微笑，點點頭表示同意。

亞歷克偷瞄一眼，也嚇了一跳。因爲肯特動也不動的坐著，兩眼盯著書頁，用滿壘時投球的專注力讀著這本書。

這有什麼好意外的？一如圖書館員所說，有的書保證連混蛋也無法拒抗，而《手斧男孩》正是實至名歸的常勝軍。

29 調整

魯蛇俱樂部遇到了一個問題。星期四午後，新來的女生吵到讓大家受不了，就算她們眞的是在讀書，卻時而低語、時而玩鬧、時而竊笑，不停和彼此分享各自在書中最喜歡的片段。

三個女孩打擾了大家看書的興致，特別是肯特，他還在試圖隱藏自己有多麼著迷於《手斧男孩》。他不斷咆哮皺眉，大部分是針對分別坐在他兩邊的茱莉亞和莎拉。可是女孩不把他跟其他人當一回事，嘰嘰喳喳講個沒完沒了。

這也是爲什麼課後照顧班的頭四十分鐘，亞歷克必須殺到學校餐廳找凱絲老師，請她答應再給魯蛇俱樂部一張桌子，再回體育館向魏拿老師報告，然後跟他一塊兒到自助餐廳幫忙把一張大型折疊餐桌搬回體育館。

亞歷克把桌子搬進體育館靠近體能遊戲組的角落，他發現踢足壘球的孩子少了肯特

似乎還是玩得很起勁，笑聲與玩鬧也更多了。他們之前是依正規賽人數分成三隊，現在則拆成兩大隊。他們是踢好玩的，每個人都樂在其中。

他把社桌往後牆推，魏拿老師問他：「這張桌子要擺在原本那張旁邊嗎？」

「不要！」亞歷克馬上拒絕。「這張是給想要討論讀物的人坐的。所以，靠西牆過去二十步，可以嗎？」

「可以，」他說：「反正空間大得很。」

等三個女孩在新社桌就定位，已經快要四點鐘了。亞歷克看得出來，等三位長舌婦好不容易移駕到安全範圍外，莉莉、傑森、妮娜和肯特都鬆了一口氣，他自己也是。

亞歷克準備要讀《手斧男孩5獵殺布萊恩》了，這是〈手斧男孩〉系列唯一一本他還沒讀過的書。他想成爲這部系列小說的專家，假如肯特要討論，他便能言之有物。雖然這種事不太可能發生，但他還是要有所準備。

有件事他確定會發生：肯特很快就會讀完《手斧男孩》了。幾分鐘前，他從肯特背後偷看，發現他已經讀到一百五十五頁。

亞歷克清空思緒，什麼人都不想，開始看書。這部新小說沒讓他失望，故事設定在《手斧男孩》的幾年後展開，亞歷克從一開始就手不釋卷。隻身在野外闖蕩的危機和前幾集雷同，但這個故事很快便成爲生死攸關的競賽。

五點十五分左右，肯特起身扔下《手斧男孩》，書啪嗒一聲落在桌面。

亞歷克驚嚇的望著他。

肯特說：「我看完了，現在要回足壘球場，今天還有時間踢兩場球。行嗎？」

亞歷克連眼睛都沒眨一下。「當然可以，只不過，我們當初協議的不是這樣。你說過要在這裡待五天，而不是讀完一本書就走。但如果待在這兒你真的受不了，那就算了，隨便你。」

傑森、妮娜和莉莉暫停閱讀，盯著肯特。

他臉上露出詭祕的笑容，坐回原位。「**沒有什麼**是我受不了的。那……**老大**，現在有何指示？」

亞歷克把手伸進背包，取出《手斧男孩2領帶河》這本書，推到社桌那一頭。「你剛讀完的那本書，故事還沒完呢。」

話只說到這裡，他並不確定說得夠不夠。

但半小時之後，亞歷克抬頭瞄一眼，竟在肯特的眼中看見同樣飢渴的目光，同樣的全神貫注。他深陷在故事中，這是兩天以來的第二次，亞歷克感覺自己正在見證一個小小的奇蹟。

30 尤達的大哥

星期四晚上八點鐘左右，路克出現在亞歷克的臥室門口。

「你是不是把穴居人的部落惹毛了？昨天肯特跟他的豬朋狗友把我推向置物櫃，咕噥著說：『小魯蛇，走路小心點！』」

「什麼？不會吧？」

亞歷克感到怒火攻心，同時也很詫異。他以爲肯特既然履行承諾，應該會慢慢變得比較……有教養，或者比較友善。

顯然不是如此。

後來他才想起，肯特一直到星期三放學才來社桌。儘管如此，跑去騷擾他弟？不算英雄好漢。

亞歷克說：「我明天會去找他談。如果他又來找你碴，跟我說。」

路克聳聳肩。「沒什麼啦。我說過，他們都是原始人。」

亞歷克有個想法。

他試圖用正牌老大哥的語氣說：「你知道嗎？你叫他們原始人，那就跟他們叫你魯蛇……或宅男一樣，都是給別人貼標籤。」

這跟老爸之前對他說的差不多。

路克目不轉睛的望著亞歷克。他將挖苦人的刻度盤調到「擊暈對方」，說：「又一則來自『廢話星球』的新聞快報。」接著又說：「總之呢，我朋友查理想為學校餐廳那邊的課後照顧班小朋友創一個魯蛇社，不曉得你會不會介意。他說成立社團時就已經有兩男三女表示要加入。」

亞歷克下巴都要掉下來了。「你在**開玩笑**吧！」

路克當然不是開玩笑。冷嘲熱諷他很拿手，但玩笑他從不亂開。

路克無視亞歷克的衝動回應，繼續往下說：「查理跟你一樣愛看書，根本是個書魔。」

亞歷克往書桌的椅背一靠，開始思考。

「這個嘛，」亞歷克說：「如果又冒出一個魯蛇社團，凱絲老師可能會不高興……她不是很欣賞這個名字。你該建議查理先去找管理社團的負責人，這樣或許會有幫助，算是可以事先得到一些贊成票。但話說回來，他絕對應該試試看。」

路克說：「做，不做，沒有試試看。」

這是尤達另一句家喻戶曉的名言。

亞歷克又萌生另一個大哥的想法：**我該不該向他說明，如果小孩太常學尤達講話，哪天可能會被人把頭塞進男生廁所的馬桶裡？**

後來他還是打消了這個念頭，他覺得就連尤達也會希望路克自己學到教訓。

31 瘋狂的一天

星期五上午第一堂音樂課，亞歷克一直想找機會跟肯特聊聊，要當面跟他說，別再來騷擾他弟。他不想小題大作，但總得說句話。

合唱團在學新歌，鄧布里奇老師說：「女低音和女高音，先圍到鋼琴旁邊跟我練幾分鐘。男高音跟男中音可以先休息一下，但是要保持安靜。」

大部分男生坐在合唱階梯上開始輕聲交談，其中幾個玩起手機，幾個人拿出家庭作業。亞歷克往前跨離階梯，然後左轉繞到階梯背後。他朝男中音那區走，想找肯特。

找到他了，坐在他原本站著的位置，手上還拿著大本樂譜。

亞歷克從他後面來，本來打算拍他肩膀……但突然停手。肯特居然把《手斧男孩 2 領帶河》藏在樂譜裡！他還差十到十五頁就看完了，想必他昨晚一定熬夜狂讀！

亞歷克躡手躡腳從原路折返，他覺得當下自己就算高唱山歌或跳踢踏舞，肯特也不

會察覺。他的心在別的地方。

五分鐘後，合唱團全體又開始唱歌，亞歷克往左邊偷瞄，只見肯特假裝在讀樂譜，嘴唇也跟著微動，但這傢伙分明在偷看書，這招亞歷克用過很多遍了。

下課之後，亞歷克本來是可以追上肯特去跟他談路克的事。這也是個千載難逢的機會，可以小小逗他一下，說些「喂——你在練唱的時候做什麼，**我看見了！**」之類的話。

但這兩個想法都沒進入亞歷克心中。他忙著想該找哪本書給肯特放學之後看，因爲他勢必得準備一本新書。

等到上數學課坐定位，亞歷克深信他該帶〈手斧男孩〉系列小說的第三集《手斧男孩3另一種結局》到社團。其實不用想也知道。

後來他念頭一轉：**或許我該多帶兩、三本書，讓肯特自己選……**

亞歷克在計算紙的邊邊列出書單。過了半小時，書單上已有八本書了，另外還有十本他寫了又劃掉。等數學課上完，他已經列出十二本經典鉅作，如同哈登老師所說「絕對命中、不容錯過」的書。

第三節語文課過得很快。布洛克老師對全班高聲朗讀一篇故事：愛倫坡寫的〈告密的心〉，這是亞歷克聽過最毛骨悚然的故事之一。下課之後他想找妮娜說話，但她跟一群女生走掉了，而他又得趕去上科學課。

他正要踏進教室，發現路克快步走來。

「喂，你猜猜看？我跟查理都準備好了，今天要成立讀書社，社名叫『迷你魯蛇』，這是我的點子！」

亞歷克搞糊塗了。「如果是查理要創社，名字怎麼會是你取？」

「很簡單啊，」路克說：「我要離開動漫社一陣子，所以現在我是迷你魯蛇社的創社元老。」

亞歷克盯著他瞧。「**你？創讀書社？**」

路克露出被激怒的神情。「我一直都在看書，只是我不讀愚蠢的書，像魔法精靈、刀劍大戰或是豬會講人話那些，就是這樣。」

亞歷克翻了個白眼。「最好是啦！我已經好幾年沒見你看書了！」

路克誇張的掀開他 iPad 的蓋子，輕敲螢幕幾下，然後塞到亞歷克面前。「六十二本書，上次才數的。歡迎來到二十一世紀——**天才！**」

亞歷克盯著螢幕上小小的書本封面，《當個創世神：遊戲攻略》、《iPad 超強使用手冊》、《現代卡通》、《iOS 繪圖庫》、《iPad 動畫》之類的書，書目連綿不絕。他不得不承認：**我弟會看書耶！**

「對啊，」路克繼續往下說：「過幾個星期我會轉回動漫社，這完全符合課後班的規

範哦。還有，負責社團的賈羅老師呢，我傳簡訊給她了，她……」

「等等，你**傳簡訊**給社團指導老師？」

「對啊，藍色那本課後班手冊裡有她的手機號碼。她說成立讀書社很棒。我該走了，我再不回圖書館，他們就要派空拍機追我了。這是好消息，對吧？」

亞歷克點點頭。「是啊，帥呆了。待會兒見。」

亞歷克坐在前排準備上科學課，心裡很納悶，不曉得路克捎來的新消息爲什麼讓他心神不寧。但他的確感到一顆心懸著。

沒錯，他們要在其他地方組一個截然不同的社團，但亞歷克覺得自己還是多少有點關聯吧，尤其路克還是創社成員。不曉得路克會不會向他徵詢意見什麼的？因爲經營一個讀書社已經夠累人了，他不需要再多一個。

這也使他想起剛加入體育館讀書社的所有新成員——五個四年級生！傑森和莉莉很穩重，但那些新來的女生？吵死人了。

曾經有個念頭是，愈來愈多人來社團讀書是件好事，如今他赫然發覺自己希望那些人統統消失。他不想老是掛記他們，因爲這已徹底摧毀他個人的閱讀時間。況且他好不容易開始建立信心，覺得自己有辦法跟女孩說話，而且那個女孩還跟他同社團，又對他表現得很友善，突然間身邊多出一群電燈泡……再加上肯特！

這團混亂就像一個重物掛在他脖子上。亞歷克半恍惚的坐著，表面上好像在專心聽講，參與課堂活動，實際上思緒已飄到社團的世界。

下課鐘聲響起，他站起來和人群一起走向學校餐廳。今天是披薩日，所以他吃了一片辣香腸口味的，可惜食之無味。他一吃完就衝進圖書館，這才發現爲肯特量身打造的十來本書單根本不需要用到那麼多。哈登老師提醒他，一次只能借四本書，肯特手上一本，亞歷克向圖書館借的《手斧男孩》又放在家，所以今天只能外借兩本。

他剛好在上課鐘響時進社會課教室，熱得要命又喘不過氣，接下來的整節課又擔心自己沒挑對書，到時候肯特說不定沒興趣。

後來他想起置物櫃裡還有本書或許也有引人入勝的魔力，這才讓他稍微放寬心。儘管如此，亞歷克的心宛如被點亮的彈珠臺，思緒從一個問題跳到另一個問題，直到放學才罷休。

如他所料，課後班一開始，肯特一坐下就把《手斧男孩2領帶河》扔向他，說：「那麼……**老大**，接下來有何指示？」

肯特故作無聊，他或許騙得了妮娜、傑森和莉莉，畢竟他們不像亞歷克在合唱團練唱時間撞見他偷看書。

亞歷克跟他一起裝傻，他把三本書放在兩人之間的桌面上。「你可以繼續看這系列小

說的續集，就這本。或是不同的冒險故事，背景設定在育空淘金熱時期，要不然就是這本傳記……給你選。」

肯特伸手準備拿《手斧男孩3另一種結局》，可是到了最後一刻卻改拿傳記。他說：「小皇帝詹姆士的書，不可不讀。」

那本書名叫《我是雷霸龍．詹姆士》，肯特馬上翻開，然後他流露出詭異的表情。「這本書是**你的**？」

他將封面內頁轉向亞歷克。亞歷克看見他用油性簽字筆簽的名。

「對啊，我今年夏天買的。」

肯特又問：「你**讀過**了？」

肯特的臉部表情如實反映他內心的想法：他無法想像亞歷克這樣的書呆子怎麼可能愛看運動巨星的故事。想得好像只有體育男喜歡運動書刊！

亞歷克回答：「對啊，讀兩遍了，他實在太神了！我還想買《雷霸龍的夢幻隊》，講的是他高中時期當明星球員的故事，但我爸說書裡文字不雅，要等長大才能看。」

肯特只說了聲「酷」，就坐好開始看書。

亞歷克一邊翻開《手斧男孩5獵殺布萊恩》，一邊竊喜在心頭。今天雖然很瘋狂，但結局倒也圓滿，雖然他的社團還是感覺塞了太多小孩……而且學校餐廳那裡將成立另一

個讀書社。儘管諸事煩心，他仍對未來保持樂觀。

亞歷克一直抱持信心，直到晚餐時間爸媽檢查他的每週進步成績單。攤在他們眼前的是數學七分、科學七分、社會六分。

亞歷克備感驚訝，但後來又毫不意外。分數這麼差的原因他一清二楚，這幾天社團的進度突飛猛進，他的課堂表現卻一落千丈。

老爸說：「你知道這什麼意思吧？」

亞歷克知道。這表示他得在星期一下午三點到自習室報到，在那裡待兩個星期。

亞歷克向爸媽坦誠並認眞跟他們求情，最後設法將刑期從兩星期減爲一星期。

雖然得到減刑，但社團世界最近發生的一堆事，讓一星期感覺就像無期徒刑啊。

32 離開一星期

一個男老師藍斯頓負責自習室，亞歷克從打開的門偷看他。他虎背熊腰，快把灰色運動外套撐破了。他不是胖，只是壯；白襯衫、條紋領帶、大餅臉、剪得極短的一頭褐髮、巨大的雙手，看起來像是警匪影集中坐在警局櫃臺的傢伙。

亞歷克在數學課認識的女孩艾美．魏爾斯走過來對他說：「你怎麼來了？聽說你在體育館爲獨行俠創了一個社團。」

他微笑著。「不是獨行俠，它叫魯蛇俱樂部，而且實際上是讀書社。我之所以來這裡，是因爲上星期我有幾堂課的表現不理想，這是我的懲罰。」他用下巴指向藍斯頓先生。「他人怎麼樣？」

「不錯啊……除非有人講話或不務正業，所以勸你千萬別這樣，絕對不要。」

亞歷克走進教室，到藍斯頓老師桌前。「您好，我是亞歷克．史賓塞。」

男人面帶笑容，起身和亞歷克握手；亞歷克有種和跟灰熊握手的錯覺。

「亞歷克，你好。很高興有你加入。」男人的桌上擺著一本活頁筆記簿、三支削尖的鉛筆和一本厚重的平裝書《環境法》。

藍斯頓老師打開書桌抽屜，遞給亞歷克一張藍色的紙。「規範你或許都看過了，但再讀一次也無妨。你的座位在第三排的第四個位子。」

教室差不多半滿，學生之間都隔了幾張桌椅。

亞歷克坐下閱讀規範。那是從課後班手冊印下來的短短一段。

> 自習室僅供學生完成目前的學校作業，學生凡事皆須自動自發。學生必須留在指定的座位。一旦完成日常家庭作業，剩餘時間應用來準備考試或平時測驗，以及做之後要交的功課或其他學校報告。多餘時間不得用來社交或純粹為了消遣而看書或玩電腦。此區禁用手機。自習室的主任及助理不是私人家教，但學生若有任何學業上的問題，他們都會盡力協助。假使在學業上需要特殊的幫助，請聯絡課後照顧班主任。

紙上最後一行是用手寫的，提供進一步的資訊：

吃零食及上廁所的休息時間：
四點到四點十分，五點到五點十分

亞歷克馬上開始做正經事，他把在家寫功課的方法搬過來，討厭的先處理。對他而言，這往往意味著要先從科學開始下手，然後解決數學和社會，最後搞定英文。

第一個小時不知不覺就過了四十分鐘，他從科學課本中抬起頭，赫然發覺這段期間，他居然一次也沒想起他的魯蛇社團。起初他有點內疚，但後來念頭一轉：**但我人困在這裡，也愛莫能助呀**。他聳聳肩，繼續回去鑽研「輻射、傳導與對流」之間的差異。

教室裡鴉雀無聲，其他小孩都埋首用功，藍斯頓老師邊讀書邊作筆記，一切都很嚴肅且井然有序。亞歷克已做完科學作業，又寫完三分之一的數學題，這時只見藍斯頓老師站起來說：「四點了。休息十分鐘再回座位。」

亞歷克不想上廁所，但還是往男廁的方向走，因爲這樣可以經過體育館。

今天上第三節語文課前，他找到機會和妮娜聊兩句，跟她說放學後他要在哪裡待上一星期。她幾乎連眼睛都沒眨一下。

「肯特可以繼續讀《手斧男孩》的下一集，不然他想讀別的也行，」亞歷克說：「反正他也只剩今天和明天會待在這兒。」

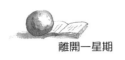

「哦……好。」妮娜只說這麼多。後來又補一句：「社團不會有事的。」

她說得當然沒錯，這點亞歷克也知道，但他仍想偷看一下體育館，眼見為憑嘛。凱絲老師不在辦公桌前。但無論她在不在，對亞歷克來說都不重要。就他所知，「經過體育館門口」並沒有違反任何一項規範，不過，他不只是「經過」那麼簡單。他停下來，往裡面走，然後慢慢環顧四周。

他感覺自己像個外星人，彷彿這是他生平第一次把整個星球看仔細，但景物又如此眼熟。人人皆可隨意加入混戰的足壘球賽、埋首棋盤前的西洋棋手、專心看 **iPad** 學中文的小朋友，和上星期五的小宇宙一樣……只不過今天，一個名叫亞歷克的小孩不見了。

看樣子有他沒他，一點都沒差。

盡頭角落的兩張社桌呢？即使離這麼遠，他也能看出來七嘴八舌桌的三個女生正為了什麼事笑個不停。坐另一張桌子的五個小孩呢，則一如往常安靜看書。妮娜身子往前傾，手肘撐著桌子，雙手捧著下巴，亞歷克想知道她在看什麼書……

等等……五個**小孩**？亞歷克緊盯著再數一遍。有個新來的坐在傑森的旁邊，就在肯特的正對面！是個男孩，身形偏瘦，無奈距離太遠，認不出是誰。

亞歷克真想直接衝進體育館問他是誰，又是怎麼進來的。但他還是壓抑住衝動。在某種程度上，這沒什麼大不了。他彷彿在心裡再次聽見妮娜說：「社團不會有事的。」

後來他又看見肯特轉頭說了什麼，妮娜聽完忍不住燦笑。當下他眞想衝過去問她：「**對，我知道社團不會有事的，但我們之間會不會有事？**」只不過他不曉得是否眞的有「我們」。就算是，那又**代表**什麼？

但他拋開這些思緒，瞄了時鐘一眼，隨即轉身奔回走廊。還有三分鐘就得回到家庭作業監獄的座位。

等到五點鐘第二次休息時間一到，亞歷克又跑去偷看體育館的狀況。他想知道妮娜和肯特在做什麼，也有點擔心七嘴八舌桌的女孩。上回視察，她們好像玩瘋了。

這次他拐過最後一個轉角，發現凱絲老師回辦公桌了。他差點要停步回頭，不料她抬起頭，瞥見了他。

於是他硬著頭皮走到她桌前說：「凱絲老師，你好。這星期我待在自習室，不曉得你有沒有注意到我人不在社團。」

她微微笑。「我當然有注意到啊。你可是課後照顧班史上第一個讀書社的創社人之一啊！」

亞歷克回以微笑。「沒錯，就是我。社團怎麼多了個新成員？」

「對，」她說：「艾略特．阿諾。五年級學生。」她又接著說：「希望你短短離開幾天，不會影響到籌備學校參觀日。別忘了，日期逼近了。」

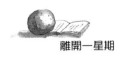

亞歷克搖搖頭，說：「這我知道，我們的計畫不會因此改變……」他揣想著：**這也是實話，畢竟我們什麼計畫都沒有！**

然後，他的視線穿過凱絲老師，飄向體育館的另一頭。

即使離這麼遠，他還是能看見茱莉亞．漢普頓和她的姐妹淘根本沒在看書。三個女生圍著桌子丟網球，像在玩手足球；妮娜和文靜桌的其他人則對她們視而不見。

他說：「凱絲老師，請問我可不可以……」他欲言又止。現在沒時間走過去跟那群女生說教了，只剩五分鐘就得回自習室了。

「可不可以怎樣？」她反問他。

他有個不同的想法。「我可不可以請你幫個忙？」他指向第二張社桌。「看到那群女生了嗎？她們都念四年級，我答應她們讀完書後可以互相討論。可是她們現在只是在那裡瞎混，你能不能幫幫忙……指導她們讀書？」

凱絲老師說：「我實在沒時間去……」

亞歷克打斷她的話：「或許有哪本書是你讀過又很喜歡的。可以叫那些女生讀同一本書呀。我說的話她們當耳邊風，但只要你出馬，她們就會乖乖聽話。」

凱絲老師不知該如何回應，亞歷克看得出來她在思考，在回想。

他說：「你在她們那個年紀，有沒有哪本書讓你愛不釋手？」

她笑了起來。「《又醜又高的莎拉》……我讀過好幾遍，很感人的一本書，我到現在還留著呢！」她又接著說：「但我不覺得……」

亞歷克再度打岔。「抱歉，我得走了，不能遲到！眞心感謝……這本書很適合她們！很有幫助！」

她還來不及接話，他就轉身跑走了。

亞歷克面帶笑容一路趕回四〇七教室。他不曉得凱絲老師實際上會不會付諸行動，但看見她回想起那本書臉上泛起的光芒，光憑這一點就已值回票價。

亞歷克這星期持續蹲苦窯，但他不得不承認好事接二連三的發生。他在星期三的數學小考得到前所未有的最佳成績：答對百分之九十七。上科學課的時候，熱傳導整個單元他都會，學起來不亦樂乎，尤其是地球大氣層的部分；大考他也拿到高分。至於老師指定要他在布告欄列出重點科學概念，他不斷即時更新。此外，他在自習室也善用剩餘時間，社會科關於非洲沙漠的大報告十一月才截止，但他初稿居然快寫完了。他不僅學業成績名列前茅，也能在晚上回家的時候，重溫靜謐的閱讀時光。

路克將一整個星期的創社歷險記向亞歷克報告。光是前五天，報名參加迷你魯蛇社的人數就躍升至十一人。他們已經成爲學校餐廳最大的社團；路克向大哥請教該怎麼處置「想討論讀書心得的小孩」之後，他們又再加一張社桌。亞歷克早已不記得，路克上

次向他徵詢意見是什麼時候的事了。

亞歷克的爸媽注意到，他一次都沒抱怨被迫離開讀書社的事。星期五晚餐時間，他們打開他的每週進度成績單，發現亞歷克表現優異，好得沒話說。除了美勞課波頓老師給他九分之外，其餘每科都拿滿分十分。

老媽說：「亞歷克，這些分數眞棒！我要印一張下來寄給范絲校長，她看到你進步這麼多一定會很欣慰！還有……不曉得我的觀察對不對，但我覺得你這週好像比開學以來的那些日子都要開心，看來新的日程安排眞的奏效了。乾脆待在自習室就好了，讀書社的事就算了吧。你覺得呢？」

亞歷克必須據理力爭，他也確實賣力爭取自己的權益。他最後做出另一項承諾，終於贏下這場口舌大戰。「這樣好不好？從現在起，我每週的成績都會保持在九分以上，不然就馬上滾回自習室！」

他的爸媽妥協了。這個承諾很難達成，但如果這是留在體育館的唯一辦法，亞歷克願意接受挑戰。

因爲他沒有拋下魯蛇俱樂部，完全沒這回事。事實上，他還趁吃零食的休息時間招募新人。跟他數學課同班的艾美·魏爾斯，星期四她告別了自習室，加入魯蛇俱樂部；另一名小六生勞勃·貝溫也在星期五跟隨她的腳步入社。

此外，星期五還發生了另一件事。

一到五點鐘的休息時間，亞歷克離開自習室就發現莉莉在走廊上等他。她看起來既苦惱又興奮，差點把置物櫃撞倒了。

「一切都好嗎？」他問。

莉莉連站都站不穩。「好嗎？嗯，很好啊，可是這件事……很棒，很……」

自習室有幾個小孩直盯著他們，於是亞歷克說：「好，你先冷靜冷靜……很好。現在可以跟我說了。」

莉莉深吸一口氣說：「是這樣的，今天啊，大概一小時前，凱絲老師來了。不過她不是來我們這桌，是到另一桌。我們全都以爲她要罵那群女生，誰叫她們只顧著玩鬧，沒想到她居然坐下來，把幾本書發給茱莉亞、莎拉和愛倫，然後在那裡待了好久，直到她們幾個靜下來看書！是不是很神奇？」

亞歷克故作驚訝。「哇！她人眞好！」

莉莉點頭如搗蒜。「就是說嘛！你猜她給她們看哪本書？《又醜又高的莎拉》！」

亞歷克再次假裝驚訝。「這本書超讚的！」

莉莉突然變得嚴肅。她說：「對啊，只不過……總之，我也要過去看書，你懂我心情嗎？去年書展我就買了這本書，只是一直沒看；如果能跟一小群人一起看，應該很有

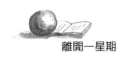

趣吧！更何況還有凱絲老師陪讀。請問……請問我可以換桌嗎？應該只是換一陣子……你覺得可以嗎？」

「我覺得這個主意很棒，百分百支持你換桌！」

「那就好。嗯，我只是想跟你說一聲啦。待會兒見囉！」莉莉隨後轉身，蹦蹦跳跳的回體育館。

星期五夜裡，亞歷克躺在床上。他不得不承認，回顧這一週，待在自習室的這五天過得很順利，非常順利。事實上，整個禮拜他都感到自由自在，不用擔心成績，不必擔心社團，不用應付肯特……也無須煩惱妮娜。只不過，他寧可爲妮娜牽腸掛肚……不想這麼無拘無束。

至於他暫離體育館這件事，顯然也對其他人帶來好處……包括凱絲老師和莉莉。

可是，社團是**他的**主意，他很清楚，那裡是他的歸屬。

亞歷克昏昏欲睡的同時，發現自己希望週末快點過完。他準備好要迎接星期一並回歸從前的生活了。

33 第三張社桌

自從亞歷克轉進自習室，社團就湧進一群新成員，主要原因是不少小朋友覺得在體能遊戲組玩膩了。那三位新加入的女生各自從遊戲組招募到一個女生；傑森也找到兩個男生想要加入；其中一個在亞歷克離開時報到，另一個在一週後出現，他們都念五年級。

新來了三女兩男，再加上亞歷克在自習室找到的兩名六年級生，社團成員一下爆增爲十四人。因爲把一半的成員安置在七嘴八舌桌，大家仍有足夠的空間，不至於太過擁擠。這個情況一直維持到十月七日星期二。

那一天，大衛·漢普頓終於鐵了心拋棄肯特·布萊爾了。他跟其他三個小孩（兩女一男）來到亞歷克的社桌，他們全都受夠輸球了。

其中一個女孩愛麗·雪柏簡單做了解釋。「踢足壘球呢，每天下午會洗牌重挑隊員，所以**表面上**總是很公平，實際上正好相反。因爲無論誰先選人，總是會挑肯特，誰叫他

這麼強，實力比其他人都**強太多**了。然後肯特那支隊伍只要再找兩個不錯的球員，就能把其他隊**打趴**！」

大衛對亞歷克淺淺一笑。「滿好笑的，對吧？原本我不想加入魯蛇俱樂部，結果有一個月我幾乎每天都輸，除非是跟肯特同隊。所以我要來做點別的了，至少先離開那裡一陣子再說。不過……能不能別把我的座位排得離我妹太近？」

亞歷克盡可能把肯特當空氣，這的確做到了……在大部分的時間。說實話，肯特自從在魯蛇俱樂部蹲了五天，就很少取笑他了。

但即使鮮少與肯特接觸，亞歷克還是免不了注意到運動場上的變化。首先，魯蛇俱樂部和另外兩個社團的成長，使得體能遊戲區的人數減少。再加上大衛突然帶著三個朋友告別，現在只剩十四人玩球了；幾乎連分兩小隊的人數都不夠。

此外，詹森老師跟大衛及他的朋友一樣，不喜歡足壘球上只有肯特那隊叱吒風雲，於是他索性把足壘球收走，改發威浮球具。

這意味著肯特再也沒辦法拿金靴獎了。如今他搖身一變，改當威浮球大師。亞歷克看他手拿長長的黃色球棒蹲在本壘板上，看他大棒一揮，哐噹一聲擊中球！體能狀態完美、搶球速度驚人、隨球動作一流，他看起來像個大聯盟的打擊手。一如以往，肯特的球隊總是名爲「冠軍隊」，他們名副其實，每天都拿冠軍。

與其說是冠軍，其實更像大呆瓜或大猩猩！

亞歷克舉一反三，得意的面露微笑，後來又趕快搗碎這些想法。他要努力不要再用綽號罵人，雖然很難就是了。

威浮球有什麼好處呢？無論肯特棒子揮得多用力，輕盈的塑膠球還是永遠飛不到社桌附近。

十月八日星期三下午，亞歷克走進體育館。他沒走去社桌，反而邁向後牆的儲物櫃。魏拿老師坐在小小的工作臺前，在筆記本上寫東西。他抬起頭，看見亞歷克走來。

「嗨——最近好嗎？」魏拿老師問他。

「很好，一切都好。不過，我們還需要一張社桌。」

「好，不過我大概還要忙半小時。看你願不願意等我，不然也可以找其他人幫忙，直接去餐廳搬桌子過來就好。但是要記得那些桌子很重喔，慢慢來，小心搬。」

「好。」亞歷克說。他差點想說就等老師吧。

就在那個時候，他聽見刺耳的**哐噹**聲，球棒擊中威浮球了。他定睛一看，不出所料是肯特。他趁著等其他小孩進球場的空檔練擊球。

亞歷克臉上泛起淺笑，心想：**有何不可？**然後快步沿著長長的三壘線，一路走到本壘板。

「喂，肯特！我有項任務要找肌肉男幫忙……你有沒有認識誰是大力士？」

肯特挺直腰桿沒揮棒，任球呼嘯而過。「認識，就在你面前！什麼任務？」

「我要去自助餐廳把另一張社桌搬來，你可以幫忙嗎？」

肯特瞇起眼，想看看亞歷克是不是要踩他痛腳、藉機嘲諷，因爲這個魯蛇社團日益壯大，體能遊戲組卻人數縮減。但他沒看出半點冷嘲熱諷，因爲對方根本沒這個意思。亞歷克只是想找他所認識的最強壯的小孩幫忙。

於是肯特回答：「好啊，走吧。」然後他們倆走出體育館。

等拐過第一個彎，肯特說：「我注意到貴社湧入**大量魯蛇**。」

亞歷克聳聳肩。「是啊，一直有人加入。誰知道呢？還記得你來的時候那三個長舌婦吧？她們號召朋友入社，結果那群三姑六婆吵翻天了，逼得凱絲老師出面口頭警告。」

其實事實不完全是那樣，但加油添醋的故事才會更生動。

等他們抵達學校餐廳，亞歷克試著引起路克的注意……卻被弟弟徹底忽視。路克已重回動漫組，在 iPad 前埋首坐著，一邊敲打藍芽鍵盤，一邊微微前後搖擺身體，沉浸在程式的大千世界。迷你魯蛇少了他仍持續茁壯，亞歷克也注意到他們的兩張社桌幾乎要坐滿了。

折疊餐桌寬寬的橡膠滾輪在磁磚地板上流暢滑動，但是桌子本身很重、很難搬。亞

歷克這才驚覺魏拿老師跟他合搬第二張社桌時，花了多大力氣。

亞歷克對肯特說：「你想要從後面推，還是在前面帶路？」

「帶路。」他說。

回體育館的路彷彿是去程的兩倍長。他們拐過最後一個彎時，亞歷克說：「可以休息一下嗎？」

「怎麼了？累啦？」肯特問他。亞歷克聽出他嘲弄的語氣。

他不當一回事，只是說：「對……累死我了，又熱又渴的。你也知道，不是每個人都是超人啊。」

亞歷克坐在地上，背靠著置物櫃。金屬透心涼感覺好棒。

肯特走過來，站在他面前。「你知道嗎？你眞的應該固定運動一下。」

「對啊，你說得對。」亞歷克不是開玩笑。他氣喘吁吁。「我還能繼續……再給我一兩分鐘。」

「沒問題，要休息多久都行。」肯特在離他幾步遠的地方坐下，接著說：「先前我不是賭輸了嗎？你還沒從自習室回來，我就從你們社團畢業了……我想跟你說，《手斧男孩》那套書啊，超精彩的，我停不下來，非得看完全套才行。」

亞歷克說：「我有同感！每一集都超讚的。上星期我才第一次讀完《獵殺布萊恩》，

超好看。雷霸龍的那本呢？很酷吧？」

肯特點點頭。「酷斃了！」

亞歷克本來想繼續聊雷霸龍，但他看得出來肯特想談別的。肯特把肩膀往前拱，下巴一抬；亞歷克很緊張，不曉得會發生什麼事。

肯特慢吞吞的說：「那……你大概知道我爸媽離婚的事吧？我猜你一定知道了，不然怎麼會一開始就塞給我《手斧男孩》？」

亞歷克慢慢意會到肯特的問題，感覺自己的肺快要萎縮了，好像有顆大圓石砸上他的胸口，而他唯一能做的，就是不斷吐氣。

因為打從四年級起，他讀《手斧男孩》就只是為了動作情節，純粹為了書中的冒險驚奇。至於「離婚」？離婚是故事的一大重點，也是影響主角思想和情感的一大因素！那孩子為此撕心裂肺。想到肯特讀這本書會有什麼感受，尤其他又以為亞歷克是為了這個才要他讀的，這時亞歷克只希望自己能溜進地底，消失在磁磚地板下。

他用力吸了一口氣。「我不知道……而且……而且，聽到這我很遺憾。如果我知道這件事，絕對不會要你……」

肯特打斷他的話。「不，這沒什麼啦！把全套讀完很棒。但我很高興，你是因為喜歡《手斧男孩》，而不是因為討厭我，才選這本書的。」

亞歷克不曉得此話一出，對方會怎麼想，但他還是有話直說：「我其實也不是真的討厭你……我只是討厭你嘲笑我。」

肯特點點頭。「對，這我知道。總之，我是想跟你說我喜歡那套書。」他說完起身。「你好了嗎？剩下的這段路讓我推。我還得回去挑隊友呢。」

「嗯，準備好了，拉我一把。」

亞歷克伸出手，肯特把他拉起來。

直到穿過體育館的四分之三，他們才又開始交談。

肯特說：「那要把這隻巨獸放哪兒？」

「靠牆擺，離第二張二十步……差不多就這裡。好。我去找魏拿老師，請他幫忙組起來。這樣就好。非常感謝。」

「不客氣。之後如果你社桌再多三張，我也幫忙到底。假如你想過來玩一下威浮球，我非常歡迎。我會好好教你！哪天你說不定能練成健康寶寶？」

亞歷克咧嘴燦笑。「假如你想讓身上的大肌肉休息一下，可以過來坐坐，我們會幫你留個位子。其實呢，我們還打算在你坐過的桌子上擺一塊銅製招牌，讓大家知道我們有多酷！」

兩人聽了都哈哈大笑。

肯特接著說：「還有，聽我說，幫我向你弟弟說聲『對不起』好嗎？那天你踢出全壘打，我把他推到牆上，那很惡劣。」

「好，我會跟他說。」

「那就好。」然後，肯特斜眼看他。「你要知道，我大概還是會繼續叫你書呆子。因爲這樣形容你實在太貼切了！」

亞歷克聳聳肩。「儘管叫，叫幾聲都沒差，我無所謂了。」

「眞的嗎？這倒新鮮了。怎麼說？」

「因爲，就是這名字，我們不打不相識！」

肯特笑了，出個旋風拳打在他胳臂上，一點也不痛。

但是對亞歷克來說，感覺挺過癮的。

34 現實生活

第三張社桌將作爲半吵半靜桌，這也是爲什麼他跟肯特要把它擺在離吵鬧桌二十步遠的地方。亞歷克對於社員爆增這件事還是憂喜交雜，但是起碼他們能分散開來。目前七嘴八舌桌有六個小孩。自從凱絲老師出面輔導，她們比較能專心看書了；不過老師一星期只來巡社桌一兩次。但要是她剛好沒待在那裡，就會吵吵鬧鬧、吵得開心，而且多半吵得成果豐碩，但還是一個字：吵。這也是團體一讀完《又醜又高的莎拉》，莉莉馬上轉回安靜桌的主要原因。

等擺好第三張社桌，所有社員都安頓好了，亞歷克便回到他在社桌角落的老位子。這本新書——應該說，對他而言是從沒看過的「新書」——他快看完了。

這是老媽的老舊平裝書《狼王的女兒》。主角是一名愛斯基摩女孩，她必須逃離她的村落。這本書使他聯想到《手斧男孩》，只不過主人翁比布萊恩更了解大自然。女孩被

迫學著跟狼群相處，也使亞歷克聯想到《野性的呼喚》。老媽由衷希望他讀這本書，事實證明他愛不釋手……但是書一讀完，他馬上就想回頭重讀另外兩本愛書了。

有天妮娜指著《狼王的女兒》說：「我看到你在讀那本書。沒想到你會喜歡。」

「是嗎？怎麼說？」

「因爲書裡講到……女生的事。你懂我意思？」

亞歷克感覺自己雙頰微微泛紅。他懂妮娜的意思，故事裡確實有好幾個片段寫到主角茱莉亞作爲女孩的事。

他只回她：「沒錯。不過整體上它是部很精彩的冒險故事。」

這段對話的結尾，妮娜這麼說：「總之，你讀這本書很酷。有些男生大概連碰都不願意碰。」

這是他喜歡妮娜的原因之一，她說話的方式聽起來覺得舒服，讓他覺得自己不是個書呆子……或魯蛇。他也愈來愈覺得妮娜喜歡他，把他當作異性，也把他當作單純朋友的那種喜歡。

他在心頭牢記，提醒自己要感謝老媽讓他讀這本書！

他翻到書籤那頁，再次躍進女孩和她的狼群，又或者說是，狼群和牠們的女孩的冰原世界。

他讀了五分鐘左右，感覺桌子在動。亞歷克知道是妮娜把手伸進背包；他不用看就知道。

但他還是往她那兒瞧了一眼，她也發現他在看她。他們之間夾了三個小孩坐著看書，傑森、莉莉和新來的男孩艾略特。妮娜只是淺笑，然後對他微微揮手。

亞歷克也微笑揮手。從那個簡單的動作，他被一種強而有力的感覺吞噬，胸口突然一緊，心頭湧上一個願望。他真心希望這一刻凍結，能永遠記住……記住此刻的感受，既緊密又疏離……既幸福又哀傷……既聰明又愚蠢，全都同時出現。

成立社團帶給他許多新的人生體驗，亞歷克對書有了前所未有的見解，這其實是很基本的道理：書，永遠不變。

有開頭，有承接轉折，還有……在許許多多頁之後，許你一個結局。整本書保持原狀，一直待在那裡，永遠不變，文字一行一行的堆砌，靜靜等候。書如此可靠，如此條理分明。然後他心想：**跟現實生活截然不同**。

最經典的例子？非妮娜莫屬。

妮娜有個開頭——在和他認識的那一天。

妮娜也有承接轉折——從此一切就像操場上的落葉打旋。

那麼，在某處是否也有個結局，亞歷克和妮娜的故事結局？又或者整個故事全是虛

構情節？

現實生活眞是……好混亂。

亞歷克自言自語。隨後他腦中浮現一個問題。

如果是這團混亂讓他產生這樣的感受，那倒也值得，對吧？

這個問題，他沒有答案。於是他深吸一口氣，再緩緩吐氣。

然後繼續看書。

35 叛亂

五天後，星期一的下午，魯蛇俱樂部的吵鬧桌成員起身走到文靜桌。接著，半吵半靜桌也有三個小孩走了過來。顯然他們指派一個名叫芮絲的女孩當發言人。

「嗯，亞歷克，請問我們可不可以改社名？」

當時他正在讀《華氏451度》。老爸說那是雷．布萊伯利最經典的小說，故事的時空設定在未來，法律明文規定禁止人類擁有書籍。亞歷克為故事深深著迷，幾乎沒聽見女孩說的話。

「什麼？」

芮絲複述一遍問題。

「改名？」亞歷克盯著她瞧。「**幹嘛改？**」

「這個嘛，」芮絲往下說：「下星期一是課後照顧班的開放參觀日啊，我們的爸媽都

會出席，全校上上下下都會出席，你知道吧？」

「知道……所以呢？」亞歷克反問她。

名叫哈里遜的新社員脫口而出：「所以我不希望我爸以爲我加入的是一個專收魯蛇的社團！」

其他人點頭如搗蒜。

亞歷克的目光在每張臉之間流連。「你們眞是這麼想的嗎？這是個專收魯蛇的社團？所以你們都是魯蛇？」

茱莉．漢普頓說：「我們……不是這麼想的。可是社名是這麼說的呀！」

更多人點頭了。

茱莉亞補充說明：「何況凱絲老師也覺得應該改名。上次她陪讀的時候說，如果能改個好一點的名字就太棒了。爲了開放參觀日。」

亞歷克暗忖：**凱絲老師……早該猜到她會來這招！**

凱絲老師很好心，幫忙輔導七嘴八舌組專心看書，的確替他省了個麻煩，讓他不用操心該怎麼處理那群長舌婦。但她打從一開始就不喜歡這個社名。

莉莉高聲發言：「可是，我很喜歡這個名字。它很……有原創性！」

傑森也跟著幫腔：「對嘛，有什麼大不了的？」

亞歷克希望妮娜也在場挺他，但她不在。先前她就說過，既然挫了肯特的銳氣，她覺得可以在坐下來看書前運動一下，不是每天健身，只是偶爾活動筋骨。今天她剛好在威浮球場上擊球。

「況且，」芮絲說：「開放參觀日我們到底要幹嘛？其他人都有活動了，像中文社，他們要演話劇。我們呢？什麼都沒有。現在幾乎全校都會出席，我們一定要找什麼事來做！還要改社名！」

亞歷克凝視芮絲許久。

這是我的社團，我才是老大，假如你不喜歡社名，大可退社，另起爐灶，也許可以取名爲『美好贏家社』……不然，『希望你覺得我們很讚社』怎麼樣？你知道嗎？我覺得或許你們全是魯蛇！也是懦夫！我覺得我應該把你們都踢出我的社團！你們這種行爲就像一群……書呆子！沒骨氣的書呆子！

亞歷克在腦子裡咆哮，接著才驚覺他居然把長年烙印在自己身上的標籤，加在別人身上：**書呆子**。

他需要時間思考。也眞的想找妮娜聊聊。

但他念頭一轉：**不行，創社是我的主意，我有辦法自己解決的。況且，開放參觀日的事，我答應過妮娜完全不用她操心的。**

當然，這不是搞幾個讀書報告就能矇混過去的……這原本是他拿來搪塞的東西，以避談這個愚蠢開放參觀日。如今魯蛇俱樂部的成員高居所有社團之冠，甚至超越整個體能遊戲組！要是他沒辦法在下週一晚上之前生出一個像樣的簡報，他們全都會看起來像傻瓜；而**他**，將是最大的傻瓜。

亞歷克取出紙筆。「寫下你們的電子信箱給我，可以的話，也把其他社員的電子信箱抄給我……麻煩各位了。今晚我會回覆各位，好嗎？」

他們照他說的做了，陸陸續續回位子上看書。雖然沒人發牢騷，但他看得出來他們對於還要等待回覆這件事感到不滿。

亞歷克重新翻開書頁，可是人還在氣頭上，只能反覆閱讀同一段落。

才幾個月前，他可以隨心所欲的躍進一本新書，穩穩當當、幸福快樂的讀個好幾小時……甚至好幾天。這世上有看不完的好書，只要能一本接著一本看，他就心滿意足，就像是把書本當作墊腳石，在石頭上一顆接著一顆的跳過湍急的溪流，所以從沒沾溼雙腳。可是，如今河水暴漲，河是他的生命，他感覺自己快要淹死了。

幾分鐘後，妮娜回來了。她瞄了亞歷克一眼，只見坐著的他直愣愣的瞪著書，於是她問：「怎麼啦？」

亞歷克用下巴比向另外兩桌。「他們很多人要求改社名。」

「嗯……那你要改嗎？」

他聳聳肩。「今晚我會寄電子郵件通知你。」

她說：「要聊一聊嗎？」

亞歷克微笑著搖了搖頭。「我得先想想。謝了。」

「有事儘管開口。」她說。

亞歷克知道她是認眞的，但跟她談其實幫助不大。

雷·布萊伯利的小說還是攤在他面前，他眼睛雖然直盯著書，心裡卻只想著妮娜，想著她的改變。但……她眞的變了嗎？或許只是他想她的方式變了，或許改變的只是他的想法。只不過……不光是他對妮娜的想法變了，一切都改變了，就連書都變了。

以前，看書這件事，就是找個不被人打擾的地方，沒人跟他說話或提醒他該做哪件事，但現在呢？書本卻讓他想啊想啊想……想自己、想妮娜、想其他人……想整個世界。

就連《夏綠蒂的網》也變調了。他以前好愛那些詼諧的橋段，雖然現在看了他仍會心一笑，但這本書常使他想起現實生活和他的家人。芬兒的弟弟艾佛瑞，現在常讓亞歷克聯想起路克。農場、穀倉旁的院子和市集，現在看起來都不一樣了。這本書讓他思考所有無法停止的改變，例如季節、長大，甚至死亡。如今，這個故事也讓他想到友誼，眞正的友誼。

而那樣想，又讓亞歷克想到妮娜。

他對她很有好感，其中並沒有什麼胡鬧、夢幻或搞笑的成分。他們是好友，只不過，他仍希望她能再多喜歡他一點。

但如今他的希望已不像九月騎著單車去她家那樣了。他那樣的行徑算是自己說給自己聽的奇幻故事，那是虛構的，後來一切都化爲眞實。

另外兩張魯蛇社桌漾起一陣歡笑，將他猛然拉回現實。他心想，那些小鬼大概在笑他吧，笑他爲了一個爛爛小社團的蠢名字，還那麼正經八百。

這不是什麼爛爛的小社團，也不是什麼蠢名字！

亞歷克自顧自的在心裡狂吼，他也相信的確是這樣啊……只是，有辦法**證明**嗎？

他還沒想到。

36 了不起的點子

「麻煩把奶油遞給我。」

老媽伸手把奶油碟遞給餐桌另一頭的亞歷克，並對他說：「今天我收到學校寄來的電子郵件，說下星期一是開放參觀日。今年的課後照顧班也列在活動中，我覺得挺好的，你說呢？」

「不怎麼好，」他說：「因爲這表示會有一堆人去。而且凱絲老師說學校是因爲安排有困難才把課後班也塞進去的。」

「這樣啊，我還是覺得能排進去是好事。」她說。

亞歷克聳聳肩。「好啦。」

亞歷克的老爸插嘴轉移話題，他問說：「那你的《華氏451度》看到哪裡啦？看完了沒？」

亞歷克搖搖頭。「差不多看到一半了。我很喜歡。不過，你覺得完全禁止人民看書這種事，未來可能發生嗎？」

老爸說：「現在還有很多國家的政府試圖控制人民看什麼書呢。」

「或看什麼電視，」老媽補充說：「聽什麼廣播或登錄什麼網站。還記得納粹是怎麼在街頭焚書的吧，就像《偷書賊》的故事內容。這是一樣的。以前發生過一次，以後就還是有可能發生。」

路克睿智的點點頭，沒有特別針對誰，只是自顧自的嘀咕著：「獨裁者。」然後把高爾夫球大小的一團千層麵塞進嘴裡。

「沒錯，」老爸說：「獨裁者老是擔心失去掌控權，而他們總是會失去。」

亞歷克把奶油塗在一塊熱呼呼的義大利麵包上。他正準備咬下一口時，卻彷彿被一棒子打醒。

今天下午，我本來想跟那群小鬼說不能更改社名，這種行為跟獨裁者有什麼分別？所以我是不是在擔心會失去掌控權……還是失去別人對我的尊重？或者是擔心輸掉我和肯特之間的這場怪仗？還有失去妮娜這個朋友？

正是因爲「**失去**」這個詞，一句接著一句，一連用了四次。他靈光乍現……了不起的點子啊！不偏不倚，落在他腦海中央。

他往後一滑把椅子推離餐桌。「盤子別幫我收，好嗎？我得先去做一件事。」

老媽搖搖頭。「吃完晚餐再走！」

亞歷克不再吭聲，一樣一樣的解決了他的食物。三分鐘後他說：「請問現在我可以離席了嗎？」

被恩准了。七點半，亞歷克已擬好一封郵件，要寄給魯蛇俱樂部其他十七位社員：

大家好。

改名一事能不能等到星期一開放參觀日結束後再討論？我們可以在星期二放學後表決，多數決定的社名，無論是什麼我都沒話說。

但是關於開放參觀日，我有個想法，需要每位社員提供一些資料。可以的話，今晚就回信給我，最遲不要超過明晚七點，好嗎？

然後亞歷克描述了他要每位社員寄給他的資料。

他們大概會覺得他瘋了……妮娜也是吧，但亞歷克管不了那麼多了。他跟社員一樣不想在開放參觀日出糗，或毫無準備就被趕鴨子上架。他確定這個點子行得通……應該十拿九穩啦。

不過，他需要路克的鼎力相助，因爲這個計畫涉及相當程度的電腦技能，還有使用印表機的技術，還有一些其他的。

亞歷克草草列出他需要的用品，看過一遍，他認爲家裡老媽的辦公室和老爸的辦公室，這些東西應該都不是問題。這讓他吃了一顆定心丸。

至於最大的問題？是時間。因爲下週一晚上八點，轉眼就要到了。

寫完電子郵件內容，亞歷克再三檢查每個信箱名稱。

他仔細重讀四遍。

然後他深吸一口氣，逼自己按下**傳送**鍵。他的電腦響亮的發出咻的一聲，電子郵件寄出去了。

現在該停止煩惱，準備上工了。

37 最好看的一本書

今晚是開放參觀日，亞歷克的爸爸陪他去了每間教室，媽媽則和路克參觀三年級。社會、數學、英文……亞歷克拖著腳步走過一間又一間教室，坐下、起身、人家跟你講話時要點頭、偶爾要微笑一下。但是他幾乎一個字都聽不進去，也無法留意到什麼事，只感覺自己嘴巴有多乾、大口吸氣了好幾次。時間愈接近八點，他就愈難受。

最後，他們的教室之旅終於結束。他和老爸跟路克和老媽在辦公室附近碰頭，而范絲校長剛好透過擴音器向大家宣布：「請各位到體育館享用茶點，課後照顧班的簡報即將展開。」

令亞歷克慶幸的是，很多家長和小朋友走向門口準備回家。儘管如此，通往體育館的走廊還是擠得水洩不通。

亞歷克和家人擠在一塊穿過大門。他突然覺得體育館變小了，過了一會兒才發現爲

什麼：西側牆的看臺座椅被搬出來了。看樣子幾分鐘之內座位都會坐滿。

八點十五分，凱絲老師站起來自我介紹說是課後照顧班的主任，並簡短致詞歡迎大家。接著她說：「現在到了我們『成果演示』的時間了，請所有課後班的小朋友到你們平常待的位子。在了解體育館各項活動之前，請容我介紹站在這裡的藍斯頓老師，每天下午由他指導身旁這群學生在自習室寫功課。藍斯頓老師有幾句話想對大家說。」

凱絲老師想遞給他無線麥克風，但他揮揮手表示不用。

藍斯頓老師目光掃過體育館，場子變得更安靜了。他在這些家長身上展現了對亞歷克同等的魔力。

他清了清喉嚨，嗓音清晰嘹亮，幾乎要在四面牆上震出回音。

「看到這些孩子每天來自習室用功讀書，我感到很欣慰。今晚我們沒什麼特別的能展現給大家，但是等十二月成績出爐，我會拿這些孩子的成績，和全校其他團體的成績做比較。他們善用午後時光，而幫助每個孩子精進學業是我的榮幸。謝謝大家。」

掌聲響亮、不絕於耳，圍繞在藍斯頓老師身旁的小朋友也在鼓掌。亞歷克看到此情此景，恨不得自己當初待在自習室，這樣的話，他的開放參觀日就可以到此結束！

「藍斯頓老師，謝謝你。現在，我們由班．詹森老師帶領的體能遊戲組先開始。再繞體育館一圈，由各個社團介紹他們平時的午後時光。」

亞歷克回到社桌，坐在老位子上。妮娜對他展露微笑，但是無法讓他的心情撥雲見日。依空間的安排，魯蛇俱樂部將是『成果演示』的最後一組。亞歷克的手掌猛擦褲子，可是手汗還是流個不停。

詹森老師站在威浮球場的本壘板旁。「體能遊戲組的孩子今年以超級足壘球賽揭開序幕，現在威浮球每個人都打得很起勁；很快的我們將學習另一項超棒的室內遊戲：軟式躲避球。」他轉身面向身後沿著牆壁站成一排的男生和女生，拋出一個問題，問題聽在亞歷克耳裡，根本就像是事先串好的。「有沒有人知道爲什麼有這麼多孩子喜歡體能遊戲組？」

幾乎每個人都舉手搶答，詹森老師指向一個五年級女生。

「因爲超好玩的，坐在教室幾乎一整天，有機會跑來跑去舒展身體眞好！」

詹森老師給她一個燦爛的微笑。「謝了，海莉。那我們請威浮球隊就位，讓大家見識一下動作場面！」

亞歷克心想：**全都串好了嘛！**但他不得不承認他們讓表演很有看頭。

球員各就各位，投手站在投手丘上，至於上場擊球的那位，所有小孩都不會驚訝，那一定就是——肯特。

他拿細長的黃色球棒輕敲本壘板，準備擊球，接著　噹一聲，球往左呼嘯過去，正

好掠過游擊手的頭頂，完美的安打。全場超過五百名孩子和賓客歡聲雷動，鼓掌叫好，目送肯特奔向一壘，再繞向二壘，守著壘包不動，看左外野手把球傳回內野。

詹森老師知道這個時機再好不過，於是他說：「這就是我們的活動內容，小朋友全都玩得很盡興！」接著他對球員說：「各位辛苦了！」之後觀眾再次鼓掌，歡送球隊走回東牆的位子。

凱絲老師宣布：「負責我們社團組的是布萊恩．魏拿老師。交給你了，魏拿老師。」她朝他的方向伸出手，眾人目光的焦點便轉向體育館的東北角落。

「謝謝凱絲老師。我們目前有六個活躍的社團，每天都活動滿檔。現在就讓社團成員親自向各位介紹他們究竟在做什麼。首先請這個角落的西洋棋社。」

西洋棋社的四位小朋友輪流介紹他們學了哪些經典棋路，從書上和影片學到大師的激烈對弈，而且每天自己下好幾盤棋實戰操練。他們的成果發表不到三分鐘就結束了。

觀眾禮貌性的鼓掌完，摺紙社的一位女孩起立，簡略介紹摺紙術的歷史。接著一個很緊張的男孩解釋摺紙如何鍛鍊人們要有耐心、有次序，而且要精確。另一個女生接下來說明他們學會摺出哪些動物和形狀。報告尾聲，全體社員舉起亞歷克生平見過最大的一隻紙天鵝——高度超過六十公分，用一張巨大的粉紅色方形紙摺成，接著再將二十幾隻天鵝放在桌上，每隻都比前一隻小，最後一隻小到站在五步以外的人會看不見。緊張

男孩最後說：「希望各位等一下到我們的社桌，看看我們做的其他成品！」

觀眾響起更大的掌聲。

亞歷克不停大口吸氣。馬上就要輪到他了。

機器人社的一男一女輪流解說他們的成品，以及社團使用的不同電子儀器。然後，兩個鞋盒大小的遙控機器人從他們的桌底衝出來，穿越體育館相互追逐，半途又調頭衝回原處，逗得觀眾笑聲連連，拍手叫好。不到五分鐘就結束了。

樂高社的小朋友以他們親自設計且親手打造的城堡揭幕。只不過，他們話不多，頂多四分鐘就講完了。

更多禮貌性的掌聲。

中文社一如芮絲上星期一說的，演了一場小話劇。亞歷克很喜歡，因爲購物場景的臺詞寫得很妙，也因爲整場戲演了足足七分鐘。

話劇演完的掌聲漸漸零落之時，亞歷克希望來一場地震或突發防火演習……什麼突發狀況都好，只要能阻止他站起來說話就行，在這群人面前、在肯特面前，還有，在妮娜面前。

可是他別無選擇，只能硬著頭皮上場。

亞歷克點頭示意，魏拿老師便把一臺推車從社團儲物櫃推到他桌前。體育館靜了下

來，觀眾看亞歷克從推車搬下十八個小塑膠箱，每箱都有蓋子，六箱放在最近新增的社桌，六箱放在七嘴八舌桌，六箱置於原來那個角落桌。每箱都標上不同社員的姓名，亞歷克對照人名，將小塑膠箱擺在各個社員面前。

他把妮娜的箱子擺在他們桌上，她抬起頭看他，表情像在臉上打了個問號。社團裡沒人知道他在幹嘛。亞歷克試著微笑，卻緊張到像隻黑猩猩咧著嘴。

他站在社桌前面對群眾。「我叫亞歷克．史賓塞，我……」

詹森老師從體育館另一側喊道：「請講**大聲點！**」

亞歷克大口吸氣，自習室有個小孩從凱絲老師那裡拿了個擴音器，跑向他。

他再次開場，這回有了擴音的加持，他覺得自己好像是用吼的。「我叫亞歷克．史賓塞。我們社團共有十八個社員，社團名叫魯蛇俱樂部。」

他講到這裡，體育館響起一陣尷尬的笑聲。

亞歷克說：「關於社團的名字我會說明，但是首先，我要請各位社員打開你們面前的箱子，拿出整疊紙的第一張，像這樣往**那個**方向跑！」

亞歷克打開他的箱子。裡面看起來裝了一疊紙，但其實每張紙的邊緣都黏著下一張紙，宛如一把長長的摺扇。亞歷克抓住第一張紙往體育館的盡頭跑，紙串也一湧而出，有如舞龍的尾巴，在他身後飄盪。

上星期一晚餐時他想到的偉大點子，就是它。他想讓大家見識這群所謂魯蛇的同桌社友平時都在做什麼。他請每位社員寄電子郵件給他，把生平看過的**每一本書**列出來，無論是在家看的、在教室看的，以及其他想得起來的，也請他們允許他從學校圖書館查詢每個社員曾經外借的書名。他想精確計算總數，替每位社員做一份書單，看他們這輩子到今天為止讀過哪些書。亞歷克自己的書單一共有五百三十七本，開始於《月亮，晚安》，結束在《華氏451度》！

路克幫他上網搜尋，用普通白紙印出每本書的封面，然後用寬條膠帶黏成他身後這條延展開來的漫長書封紙海。他們倆平日每晚花四小時，星期六和星期日又貢獻全天的時間。原本到星期四亞歷克已經要放棄了，但路克想出妙招，套用一個簡單的資料庫程式，讓他們能夠分成大批印出不同的封面圖片，社團裡許多小孩都讀過同樣的書。

亞歷克的書封接龍超過一百多公尺，長到他接近本壘板的時候，必須右轉繼續抽出箱子裡的紙。

其他的社員都笑了，他們從各自的箱子裡抽出書封接龍，在硬木地板跑了起來。十八條紙串從體育館後面的角落展開來，看起來好像大河三角洲的衛星影像。

等社團的每位成員停下腳步，紙也從箱子裡抽完了，其他的小朋友和家長紛紛走近一探究竟，一看不得了，這麼多書的封面，一共接近三千本！

大夥兒聊了起來，指東指西，發現他們讀過的書、愛看的書。

亞歷克的嗓音變得雄壯嘹亮，這是他從沒發出過的嗓音。

「各位，請再聽我說幾句好嗎?」體育館很快靜了下來，接著他說：「你們在這裡看到的，幾乎是我們這群小孩從出生到現在讀過的每一本書。這就是我們在魯蛇俱樂部所做的事——我們看書。社團的名字是我取的，因爲九月的時候我想獨占一張桌子，這樣看書就沒人會打擾。我以爲把名字取成魯蛇俱樂部，就不會有人想加入，可是其他小朋友聽說這是個純粹看書的園地，與其討厭這個社名，他們更喜歡讀書。」

觀眾笑了幾聲，亞歷克繼續往下說：「我其實反覆思考很久，覺得魯蛇俱樂部其實是個很棒的名字。學校圖書館裡有一張以前的讀書週海報，上面寫著『迷失在書海中吧』，這就是我們做的事。我們在書海中迷失無數個鐘頭，透過書本，我們認識形形色色的人和五花八門的世界，然後帶著領悟回到現實世界。這樣迷失在書海中，應該會找到各式各樣很酷的東西。」亞歷克指向他的其中一張書封。「比方這本《我是雷霸龍．詹姆士》，在看這本書之前，我從來不知道他小時候過得這麼辛苦，後來在努力之下竟然成爲最有價值球員！至於《手斧男孩》這本書，我讀到滾瓜爛熟，如果有一天我迷失荒野，會害怕沒錯，但我肯定能生出一大堆荒野求生的好點子，也不會覺得徹底無助或不知所措。因爲這就是書的功能，讓人們不那麼無知，不那麼恐懼。減少恐懼，或許也意

味著減少憤怒。

「差不多就是這樣。我們是魯蛇俱樂部。」他頓了一下，但就那麼一下。「還有一件事，常常有人叫我書呆子。這樣形容我，其實不對。」亞歷克把運動外套的拉鍊打開、整件脫掉，讓大家看見他T恤上的圖案。「因爲我不是**書呆子**，我是**書霸**。我們都是！」

掌聲如雷、歡呼熱烈，令亞歷克覺得難爲情。訪客和其他小孩開始聚攏在他和其他社員身旁，不停鼓掌；觀眾離開階梯看臺，湧到體育館的地板上。

眾人鼓掌的當下，亞歷克也忙得很。

他的爸媽趕了過來，老媽給他一個大大的擁抱。

「亞歷克，你表現得眞好！太棒了！」

「棒呆了！」老爸說：「高明的形象重塑！」

路克也跑來了，亞歷克非得彎下腰，才能聽到他說什麼。「你幹得好！」

亞歷克往他背上拍了一下，說：「不，是『我們』幹得好！這件T恤的圖案酷斃了，謝了！」

傑森衝上來，書封接龍仍握在手中，朝亞歷克的臉揮了揮。「這個**讚到爆！**我會一輩子收藏！」

凱絲老師和亞歷克握手，然後跟他的爸媽說：「我當了五年的課後班主任，這是我

看過最棒的參觀日報告！亞歷克，恭喜你，眞厲害，眞了不起！」隨後她奔向茱莉亞和其他七嘴八舌桌——凱絲桌的小孩。

接下來輪到范絲校長，她先後和老爸、老媽，還有他握手。她用那雙大眼盯著他，說：「新學年你有了一個超棒的開始，我很替你開心，繼續保持唷！」

亞歷克轉向背後，看見大衛．漢普頓，猜猜誰在他身邊？是肯特，他彎著腰，微笑著指向那串書封，大衛的一百零三本書超過一半都和運動相關。亞歷克看著他們，肯特抬頭與他目光相接，他算是友善的對亞歷克點點頭。亞歷克對他咧嘴而笑，指了指T恤上的字，再指指肯特。

掌聲漸漸零落，亞歷克瞄了左邊一眼。妮娜和李奇一起笑著，她的爸媽看來十分以女兒爲榮。

妮娜轉頭向他，對他展露笑顏。

亞歷克腦袋裡某個區域過去老是這樣想，現在又是這樣想，試圖在哪本書裡找到某個時刻，某個讓他有這種感受的時刻，快樂滿點、刺激度爆表，而且生氣蓬勃的時刻。

但他只想到：**這比我讀過最好看的書還要美好！**

亞歷克是對的。

【附錄】魯蛇俱樂部書單

這本書中各個主角的愛書，我羅列如下。我努力將故事裡的孩子塑造成眞實書本的眞實讀者。今時今日的好書何其多，假如你的幾本愛書沒有列入這部小說中，請別見怪；我自己也有許多愛書無法名列其中！當然，重點不是匆匆掃過這一長串書單，而是每一次都能夠盡情「悅」讀。

祝你擁有許多快樂的讀書時光。

安德魯・克萊門斯

□《又醜又高的莎拉》，派翠西亞・梅可蕾蘭　著*

□《大君王》（普利登傳奇），洛依德・亞歷山大　著

□〈大頭尼〉系列，林肯・皮爾斯　著*

□《小教父》，S.E.辛登　著*

□《不老泉》，娜塔莉・巴比特　著

□《手斧男孩》，蓋瑞·伯森 著*

□《手斧男孩2領帶河》，蓋瑞·伯森 著*

□《手斧男孩3另一種結局》，蓋瑞·伯森 著*

□《手斧男孩5獵殺布萊恩》，蓋瑞·伯森 著*

□《月亮，晚安》，瑪格麗特·懷茲·布朗 著*

□《四年級的無聊事》，茱蒂·布倫 著

□《血紅太陽下》，格雷厄姆·蘇斯巴利 著

□《好餓的毛毛蟲》，艾瑞·卡爾 著*

□《自由戰士》，埃絲特·霍斯金·富比士 著

□〈告密的心〉，愛倫坡 著*

□《我叫巴德，不叫巴弟》，克里斯多福·保羅·克提斯 著*

□《我是史蒂芬·柯瑞》，喬·費希曼 著

□《我是雷暴龍·詹姆士》，葛莉絲·諾里奇 著

□《怪咖少女事件簿：搶救情人大作戰》，瑞秋·芮妮·羅素 著*

□《波西傑克森：神火之賊》，雷克·萊爾頓 著*

□《狗狗航海家》，瑪格麗特·懷茲·布朗 著

□《金銀島》，羅伯特．路易斯．史蒂文森　著＊
□《哈比人》，J. R. R.托爾金　著＊
□〈哈利波特〉系列，J. K.羅琳　著＊
□〈星際大戰〉系列（多位作者）＊
□《星際大戰外傳》（多位作者）
□《洞》，路易斯．薩奇爾　著＊
□《穿越時空找到我》，雷貝嘉．史德　著＊
□《夏綠蒂的網》，E. B.懷特　著＊
□《時間的皺摺》，麥德琳．蘭歌　著＊
□《海角一樂園》，強納．大衛．懷斯　著＊
□《狼王的女兒》，珍．克雷賀德．喬治　著
□〈納尼亞傳奇〉系列，C. S.路易斯　著＊
□《記憶傳承人》，露薏絲．勞瑞　著＊
□〈飢餓遊戲〉系列，蘇珊．柯林斯　著＊
□《做夢的棕色女孩》，賈桂琳．伍德森　著
□《偷書賊》，馬格斯．朱薩克　著＊

- □《細數繁星》，露薏絲・勞瑞 著*
- □《野性的呼喚》，傑克・倫敦 著*
- □《喜樂與我》，菲利斯・雷諾茲・內勒 著
- □《尋水之心》，琳達・蘇・帕克 著*
- □《華氏451度》，雷・布萊伯利 著*
- □《黑神鍋傳奇》（普利登傳奇），洛依德・亞歷山大 著
- □《傻狗溫迪客》，凱特・迪卡米洛 著*
- □《雷暴龍的夢幻隊：五個朋友一同創造歷史》，雷暴龍・詹姆士和巴茲・畢辛格 著
- □《雷霆之聲》，雷・布萊伯利 著
- □〈遜咖日記〉系列，傑夫・金尼 著*
- □〈整日夏季〉，雷・布萊伯利 著
- □《歷劫孤星》，羅伯特・路易斯・史蒂文森 著
- □《戴帽子的貓》，蘇斯博士 著*
- □《藍色海豚島》，史考特・歐代爾 著*
- □《羅賓漢歷險記》，霍華德・派爾 著*

*表示有中文譯本的書目

國家圖書館出版品預行編目資料

魯蛇俱樂部 / 安德魯 . 克萊門斯 (Andrew Clements) 文；
謝雅文譯 . -- 二版 . -- 臺北市：遠流出版事業股份
有限公司 , 2023.01
面；　公分 . --（安德魯 . 克萊門斯；23）
譯自：The losers club
ISBN 978-957-32-9927-1（平裝）

874.59　　111020324

安德魯・克萊門斯 ㉓

魯蛇俱樂部
The Losers Club

文／安德魯・克萊門斯　譯／謝雅文　圖／唐唐

主編／林孜懃　特約編輯／周怡伶　封面設計／唐壽南
行銷企劃／鍾曼靈　出版一部總編輯暨總監／王明雪

發行人／王榮文
出版發行／遠流出版事業股份有限公司　地址：104005臺北市中山北路一段11號13樓
電話：(02)2571-0297　傳真：(02)2517-0197　郵撥：0189456-1
著作權顧問／蕭雄淋律師
輸出印刷／中原造像股份有限公司
□2017年12月1日 初版一刷　□2023年1月1日 二版一刷

定價／新臺幣300元（缺頁或破損的書，請寄回更換）

ISBN 978-957-32-9927-1
YLib 遠流博識網 http://www.ylib.com　E-mail:ylib@ylib.com
遠流粉絲團 http://www.facebook.com/ylibfans